文春文庫

高丘親王航海記

澁澤龍彦

文藝春秋

目次

高丘親王航海記

儒艮

唐の咸通六年、日本の暦でいえば貞観《じようがん》七年乙酉《きのととり》の正月二十七日、高丘《たかおか》親王は広州から船で天竺《てんじく》へ向った。ときに六十七歳。したがうものは安展に円覚、いずれも唐土にあって、つねに親王の側近に侍していた日本の僧である。

唐代になって安南都護府がそこに置かれ、アラビア人からルーキンと呼ばれていた交州（今日のハノイ）とならんで、そのころ、この広州は南海貿易のもっとも殷賑《いんしん》をきわめた港であった。古く漢代に番禺《ばんぐう》と呼ばれていたころから、この港には犀角《さいかく》、象牙《ぞうげ》、瑇瑁《たいまい》、珠璣《しゆき》、翡翠《ひすい》、琥珀《こはく》、沈香、銀、銅、果布が多くあつまり、それらは唐商によって中原に積み出されていたという。その活気はげんに咸通の今日にいたってもおとろえず、遠くアフリカからアジアまでを股にかけて交易しているアラビアの船はもとより、天竺、師子国（セイロン）、ペルシアの船、それに崑崙《こんろん》船と呼ばれる南方諸国の船までが江上に舷《ふなばた》を接して、それぞれ甲板に肌の色も目の色もちがった、潮焼けした半裸の船子たちを右往左往させているさまは、さながら人種の見本市を見るかのようである。マルコ・

ポーロやオデリコがこのあたりの海を通過するのはほぼ四百年ないし四百五十年後のことだが、すでに白蛮（ヨーロッパ人）のすがたさえ、あちこちの船上にちらほらしている。そうした毛色の変った人間のうろうろするさまを見ているだけでも、この広州の港のたたずまいはおもしろかった。

おおよその計画としては、親王の一行は小さな船に身を託して、この港から広州通海夷道と称する航路を南西に向ってすすみ、安南都護府のある交州で上陸して、安南通天竺道と称する陸路から天竺入りする予定だった。安南通天竺道は交州を起点として二路に分れ、一つは安南山脈を越えて扶南《ふなん》（シャム）方面へ出る道、もう一つは北方の峻険たる雲南の昆明、大理をへて驃《ピュー》（ビルマ）にいたる道である。どちらの道をえらぶか、まだこの段階では決めていなかった。場合によっては海路をえらび、大陸の沿岸づたいに占城《チャンパ》（ベトナム）、真臘《しんろう》（カンボジャ）、盤盤《ばんばん》（マライ半島中部）と過ぎ、羅越（シンガポール付近）の岬を迂回してマラッカ海峡からインド洋に出るという手も考えられなくはなかった。しかし実際のところ、海であれ陸であれ、どんな不測の危険が待伏せしているかもしれぬ未知の領域であってみれば、そんな計画的な旅はとても望めそうになく、さしあたっては運を風にまかせて、とにかく行けるところまで船を南にすすめることよりほかには考える必要もなさそうであった。

赤道に近い緯度だから、季節は一月の厳冬でも気温はさほど寒くない。風はむしろ生ぬるいくらいである。親王は舷に立って、背すじをまっすぐにのばし、両手を勾欄《こうらん》にかけて港の喧騒を眺めていた。とうに本卦《ほんけ》がえりしているのに、どう踏んでも五十代の半ば以上には見えず、親王の背すじはいつもすくよかにぴんとのびていた。すでに船は準備をととのえて、船長《ふなおさ》の合図さえあればいつでも出航できる状態になっていた。そのとき、波止場の人群れをどなりながら荷をはこんでいた仲仕たちの足のあいだをすり抜けるようにして、岸壁から親王の船へ小ばしりに駆けこんできた少年があったので、親王はいぶかしげに、かたわらの安展と目を見合わせた。親王と同じ僧形ながら、安展は四十がらみの眼光するどい屈強な男である。

「いよいよ出発というぎりぎりの土壇場に、これはまた、おかしなやつが舞いこんできたぞ。」

「わたしが見てまいりましょう。」

やがて安展に引きずられて親王の前につれてこられたのは、頬のつやつやした、女の子みたいに手足のきゃしゃな、まだ子どもっぽい十五ばかりの少年だった。見かけによらず語学が達者で、つねづね親王の通訳をつとめている安展が、当地のことばで少年を問いただすと、息せき切って少年の答えるには、自分はひそかに主家を逃げ出してきた奴隷なので、追手に見つかれば殺されるにきまっているゆえ、どうかしばらく船の中にかくまってほしい。もし船がこれからどこかへ出帆するのならば、船といっしょにどこの外国へつれて行かれたとしても自分には少しも悔いるところはない。いや、それよりも船の中で淦汲《あかく》みであれ何であれ、せめて自分にできる仕事をやらせてもらえるならば、こんなありがたいことはないという切々たる訴えであった。

親王は安展をかえりみて、

「かわいらしい窮鳥がふところに飛びこんできたものではないか。追い立てるわけにはいくまい。つれて行ってやろう。」

安展は気づかわしげに、

「足手まといにならなければよいが。しかしまあ、みこがおつれになりたいとおぼしめすなら、おつれになるがよろしいでしょう。わたしはどっちでもいい。」

そこへ円覚もやってきて、

「天竺への渡海をひかえて、まさかにむごいこともできますまい。これはひょっとすると仏縁かもしれませぬ。みこ、つれて行ってやりましょう。」

三人の意見がどうやら一致したとき、艫《とも》から船長の声がひときわ高く、

「纜《ともづな》解けえ。面舵《おもかじ》いっぱい……」

ゆるゆると江心にすべり出した船から岸壁を見ると、いましも少年を追ってきたらしい男どもが二三人、疑わしげな目つきで遠ざかってゆく船を見やりつつ、口々になにか叫んでいる。間一髪のところで一命をとりとめた少年は嬉しさのあまり、親王の足もと

に身を投げて涙にむせんだ。親王は少年の手をとって、

「おまえは秋丸という名をなのるがよい。つい先年まで、わたしの身辺の世話をしてくれる役目の丈部《はせつかべ》秋丸というものがいたが、このもの、長安で疫病《えやみ》を病んであえなくなった。おまえは秋丸の二世になったつもりで、わたしに仕えてくれ。」

こうして高丘親王の渡天に扈従《こじゅう》するものは安展、円覚、秋丸の三人になった。ここで円覚という僧について述べておけば、このものは安展よりもさらに五歳ほど若く、ひそかに唐土にあって練丹術や本草学をまなんだ俊秀であった。その日本人ばなれしたエンサイクロペディックな学識には、親王もつねづね一目を置いていたほどの人物である。

船は広州の港を出ると、はるかに雷州半島と海南島をめざして、大海原にぽつんと浮かんだ一枚の木の葉のごとく、気まぐれな風にながされるままに船脚をはやめたりゆるめたりした。灼熱の南海はときに暈気《うんき》をこめて油のように凪《な》ぎ、船はすすんでいるのか同じ場所にいつまでも漂っているのか、それさえ分らぬような苛立《いらだ》たしい幻覚をもたらすことがあった。そうかと思うと、いまにも帆柱が風にへし折られるかと心配になるほど、波をかきたてて水面を飛ぶように快調に突っぱしらされることもあった。まるで水の質量が時に応じて変化するかのようである。南海の風と水にはふしぎな性質があって、そこを航行する船に、まったく予想もつかないような物理的作用をおよぼすのではないかと思われるばかりだった。毎日、きまったようにはげしいスコールが降ったが、その

たびに視界はすべて暗澹たる灰色になり、天と水とが渺渺《びょうびょう》とつらなったようになって、どっちが上だか下だかまるで分らなくなってしまう。自分の乗っている船がさかさまになって、茫々と泡だつ天をはしっているのかと目を疑うようなこともある。親王、その海のあやかしにつくづく感じ入って、

「これだけ極端に南へ下れば、日本の近海ではとても信じられないような、世界の上下が逆転するということもありうるのかもしれぬ。いや、しかし、まだまだこんなことにおどろいたりしていてはだめだぞ。これからさらに天竺へ近づけば、おそらく、もっともっと奇妙なことがおこることを覚悟しなければなるまいからな。それこそ、おれの望んだことではなかったろうか。見ろ、天竺は近くなったぞ。喜べ、天竺はもうすぐおれの手のうちだぞ。」

小さな船の舳先《へさき》に立って水しぶきを浴びながら、親王はだれにいうともなく、こんなことばを闇に向って吐きちらしていた。吐きちらされたことばはたちまち風に吹きとばされて、物質のように切れ切れに海の上をころがって行った。

親王がはじめて天竺ということばを耳にして、総身のしびれるような陶酔を味わったのは、まだほんの七つか八つのころだった。天竺、この媚薬のようなことばを夜ごとに

親王の耳に吹きこんだのは、ほかでもない、親王の父平城帝の寵姫であった藤原薬子《くすこ》である。

すでに平城帝が安殿《あで》太子と呼ばれていたころから、薬子はその娘とともに東宮に宣旨《せんじ》として出入りするようになって、若い太子のこころをしっかりとつかんでいたので、やがて太子が平城帝として即位するや、れっきとした人妻であるにもかかわらず、その帝への密着ぶりはますますあからさまになった。薬子にとって得意の絶頂ともいうべき一時期で、このころ、薬子は宮中と別邸のあいだを急がしく往復するようにして、帝と枕を交わす夜をかさねていた。世間は薬子が帝を籠絡していると難じたが、スキャンダルに動揺するような薬子ではなかった。三十二歳の男ざかりであった帝に対して、薬子の年はいくつであったか、これはだれにも分らない。そもそもは自分の長女を太子のために入宮させるつもりだったので、年ごろの娘がある以上、帝よりも年上であったことはほぼ確実であろう。しかし薬子には年齢がないかのごとくで、旧にかわらず、あやしいまでに艶なる容色をいまに保っている。それには仔細があって、薬子はその名の示すように、唐わたりの薬物学や房中術にすこぶる蘊蓄《うんちく》があり、ひそかに丹をのんで若がえりの秘法を行っているのではないかというもっぱらの噂であった。

薬子とは、本来は一般名詞で、宮中における毒味役の側近のことを意味したらしい。それが個人の名前になったところに、おそらくは薬子の薬子たる所以《ゆえん》があったのであろう。そういえば古代の本草学の書『大同類聚方』百巻が編纂されたのも平城帝の時代であった。意外に知られていないが、この時代の権力争いに薬物学や毒物学がいかに必要とされたかを考えてみるべきだろう。薬子とは、いわばこの時代の象徴的な名前だったはずだ。

平城帝はそのころ八歳の高丘親王をいたく愛していたから、なにかというと小さなわが子を薬子とともに物見遊山につれ出したり、宮中や別邸での宴席にはべらせたりした。母には内緒で、親王はよく薬子の別邸につれて行かれたし、そこに父とともに泊ることもしばしばだった。薬子は子どもに対して決してべたべたした愛想のよさを示したりはしなかったが、秘密をわかち合うもの同士のような、共犯者めいた一種の率直さと親密さで、子どものこころを自分のほうへ引き寄せることには先天的に長じていて、すぐに親王と仲よくなった。たまたま帝が政務の都合かなにかで空閨《くうけい》に眠らねばならないようなとき、薬子はすすんで子どもに添寝をしてやるまでになった。添寝をしてもらいながら聞く薬子の物語に、子どもは幼い夢をふくらませた。

「日本の海の向うにある国はどこの国でしょう、みこ、お答えになれますか。」

「高麗《こま》。」

「そう、それでは高麗の向うにある国は。」

「唐土《もろこし》。」

「そう、唐土は震旦《しんたん》ともいうのよ。その向うは。」

「知りませぬ。」

「もう御存じないの。それはね、ずっと遠いところにある天竺という国よ。」

「天竺。」

「そう、お釈迦さまのお生れになった国よ。天竺にはね、わたしたちの見たこともないような鳥けものが野山を跳ねまわり、めずらしい草木や花が庭をいろどっているのよ。そして空には天人が飛んでいるのよ。そればかりではないわ。天竺では、なにもかもがわたしたちの世界とは正反対なの。わたしたちの昼は天竺の夜。わたしたちの夏は天竺の冬。わたしたちの上は天竺の下。わたしたちの男は天竺の女。天竺の河は水源に向ってながれ、天竺の山は大きな穴みたいにへこんでいるの。まあ、どうでしょう、みこ、そんなおかしな世界が御想像になれまして。」

語りつつ、薬子は生絹《すずし》の襟をくつろげ、片方の乳房をあらわにして、これを親王の手になぶらせる。いつからか、そういう習慣になっていた。また、じらすような微笑を浮かべると、その手をゆっくり親王の股間にのばして、子どもの小さな二つの玉を掌につつみこみ、掌のなかで鈴のようにころころと動かしたりする。息づまるような恍惚感に攻められながら、親王はだまって、相手のなすがままにさせている。これが薬子でなくて、宮中に掃いて捨てるほどいる女官のひとりでもあったなら、たぶん潔癖な親王は身ぶるいするほどの嫌悪から、相手を邪慳に突きはなしていたことでもあろう。それがそうならないのは、どんなにきわどい行為におよんでも、薬子のやることなすことが媚びや不潔さをみじんも感じさせないからだった。そこが親王は気に入っていた。

「みこ、みこはいまに大きくなったら、お船に乗って天竺へいらっしゃるのね。そうでしょう、きっとそうだとわたしは思います。わたしには未来のことが見えるのですもの。なれども、わたしはそのときはもうとっくに死んでいて、この世にはいないことでしょう。」

「どうして。」

「さあ、どうしてだか分りませぬが、未来をうつすわたしのこころの鏡は、わたしの死が近いことを告げているのです。」

「でも、薬子はまだ若いのに。」

「嬉しいことをおっしゃいます、みこ。なれども、わたしはかならずしも死ぬことを怖れてはいないのですよ。三界四生に輪廻《りんね》して、わたし、次に生れてくるときは、もう人間は飽きたから、ぜひとも卵生したいと思っているのです。」

「卵生。」

「そう、鳥みたいに蛇みたいに生れるの。おもしろいでしょう。」

そういうと、薬子はつと立ちあがって、枕もとの御厨子棚《みずしだな》から何か光るものを手にと

るや、それを暗い庭に向ってほうり投げて、うたうように、

「そうれ、天竺まで飛んでゆけ。」

その不思議なふるまいに、親王は好奇心いっぱいの目を輝かせて、

「なに、なにを投げたの。ねえ、教えて。」

薬子は事もなげに笑って、

「あれがここから天竺まで飛んでいって、森の中で五十年ばかり月の光にあたためられると、その中からわたしが鳥になって生れてくるのです。」

親王、それでもまだ納得せず、

「でも、あの光るものは何だったの。薬子が投げた光るものは。」

「さあ、何でしょうか。わたしの未生《みしょう》の卵とでも申せばよいのでしょうか。それとも薬子の卵だから薬玉と呼びましょうか。何と呼んだらよいか分らないようなもの。世の中にはね、みこ、そういうものがあるのよ。」

親王の記憶には、このときの薬子のすがたが影絵のように、いつまでも消えないで焼きつけられた。簀子《すのこ》に立って、月の光を浴びながら、なにか小さな光るものを庭に向って投げている女のすがた。その小さな光るものが何だか分らないだけに、記憶のなかのイメージはいよいよ神秘の光をはなって、歳月とともに宝石のように磨きぬかれてゆくかのごとくであった。はたしてそんなことがあったのだろうか、あれは記憶の錯誤では

あるまいかと、後年におよんで、その事実を疑いたいような気持になることすらあった。しかし、やっぱりあったと考えなければならぬのだろう。まさか事実のなにもないところから、こんなにはっきりしたイメージだけが浮かびあがってくるはずはあるまいと、親王はそのたびに思ったものである。

薬子のことばは謎のように聞えたが、それから四年たった大同五年の秋、にわかな乱がおこって、上皇側と天皇側とが対立、その渦中にあって薬子が死んだことを知らされたときには、親王もさすがに胸をつかれた。すなわち上皇となった平城帝とともに天皇側と一戦をまじえるべく、薬子は上皇と輿《こし》を同じうして、そのころ住んでいた奈良の仙洞御所から川口道を東に向って進発したものの、嵯峨帝の大軍に行く手をさえぎられ、やむなく御所に引きかえす上皇と別れて、ひとり添上郡越田《こせた》村の路傍の民家に毒をあおいで死んだのだった。あっけない死だったが、毒物学のスペシャリストときこえた薬子にふさわしい死といえないことはない。かねて自殺用に用意していた毒はトリカブトから採取した付子《ぶし》、すなわちアコニトンだったと後世の学者は推理するが、はたしてそうであったかどうか。

それよりさき、高丘親王は嵯峨帝の皇太子に立たせられていたが、この政治的紛争の結果はただちにあらわれて、薬子が死んだ日の翌日に、早くも皇太子を廃せられていた。みずから紛争のたねをまいた平城上皇が薙髪《ていはつ》入道したのは当然だとしても、親王がただ上皇の子であるというだけの理由で、罪なくして皇太子を廃せられ無品親王に格下げされたのは、みずからの責任ではないだけにさぞや無念のことであろうと、ひとびとはしきりに同情した。しかし、そのとき十二歳になるやならずの親王にとって、じつのところ廃太子の件はなにほどのものでもなく、むしろそのこころに大きな空洞をのこしたのは、甘美な天竺のイメージとともに星が消えるように、いきなりこの世から消えていった薬子の存在だったにちがいない。

それから十年ほどたって、ようやく二十歳をすぎたころ、親王は翻然として落飾して、仏法を求めることを思いたつが、この親王の仏法希求の動機のなかにも、もしかしたら幼時、薬子によってあたえられた天竺のイメージが影をおとしていなかったとは断言しえまい。薬子の変によって皇太子の位を追われたための、いわば宮廷における政治的挫折感と疎外感が原因となって、あたかも親王の甥であった在原業平が色道修行におもむいたように、失意の親王が仏道修行におもむいたという生まじめな解釈も世に行われているようだが、それだけでは、その生涯をつらぬいて、天竺という一点に向ってきりきりと収斂《しゅうれん》してゆくかに見える親王の独特の仏教観は説明されないだろう。けだし、親王の仏教についての観念には、ことばの本来の意味でのエクゾティシズムが凝縮していたにちがいないからだ。エクゾティシズム、つまり直訳すれば外部からのものに反応するという傾向である。なるほど、古く飛鳥時代よりこのかた、新しい舶載文化の別称といってもよかったほどの仏教が、そのまわりにエクゾティシズムの後光をはなっていたのはいうまでもあるまいが、親王にとっての仏教は、単に後光というにとどまらず、その内部まで金無垢のようにぎっしりつまったエクゾティシズムのかたまりだった。たまねぎのように、むいてもむいても切りがないエクゾティシズム。その中心に天竺の核があるという構造。

十五年前に唐より帰朝して、令名すでに一世をおおっていた空海上人が、東大寺に真言院灌頂堂を建立したのは弘仁十三年だが、このころから早くも親王は上人に近づいている。ときに二十四歳。天竺好みでハイカラの尖端にあった真言密教の導師に親王が近づいたとしても、あやしむにたりないだろう。親王はこの灌頂堂で両部灌頂を受けて阿《あ》闍梨《じゃり》となり、上人の高弟のひとりに名をつらね、入定《にゅうじょう》した上人の四十九日の法会には、五人の高弟とともに高野山の奥の院まで遺骸に付き添っている。ときに三十七歳。年譜を書いているわけではないから詳細ははぶくが、そのほかに記すべきことといえば東大寺の大仏修造がある。斉衡二年五月、大仏のあたまが地に顚落するや、藤原良相とともに親王は修理東大寺大仏司検校という役につき、足かけ七年をついやして修造工事を完成させた。貞観三年三月における大仏開眼の法会は言語に絶する盛儀だったという。ときに六十三歳。

親王は京ではもっぱら東寺のほか、東は山科や醍醐小栗栖《おぐるす》あたりに住せられたという伝説もあり、西は西山の西芳寺、北は遠く丹後の東舞鶴の金剛院にも幽居したらしい。西芳寺はのちに臨済宗になったが、鎌倉時代までは真言宗の教院であった。また父の平城帝の御陵に隣接した奈良の佐紀村に超昇寺という大きな寺を住持せられて、そこからしばしば高野山にのぼったり、南河内や南大和あたりの真言寺院を歴巡したりした形跡もある。

かように俗塵をきらい幽居を好んだためか、親王の異名の一つに頭陀《ずだ》親王という尊称があるほどだ。頭陀とは、身を雲水にまかせた質素な托鉢行脚の生活をいう。異名といえば、これほど異名のあるひともめずらしく、後世一般には法名により真如親王あるいは真如法親王と称するが、本名は高丘親王であり、そのほかに禅師のみことか、みこの禅師とか、入道無品親王とか、入唐三のみことか、池辺の三の君とか、さらにまた、うずくまり太子などという異様な呼び名さえある。うずくまりとは、一見、いかにもひっこみ思案で優柔不断な性格を暗示しているようで、おもしろい。そういう性格のひとだったからこそ、かえって逆に古代日本最大のエクゾティシズムを発揮することができたのではなかったか。

もう一つ、親王の行跡のなかで見のがすことのできないのは、大仏開眼供養がおわるのを待っていたように、同じ貞観三年三月、すでに六十すぎの親王がみずから上表して諸国行脚の許可を願い出ていることであろう。「出家以後四十余年、余算やや頽《くず》す。願うところは諸国の山林を跋渉し、斗藪《とそう》の勝跡を渇仰するにあり」という『東寺要集』のなかの上表文を見ると、死ぬまでに日本全国をあるきまわりたいという親王のせっぱつまった気持が今日の私たちにもぴんと伝わってくる。同じ上表文によれば、この諸国行脚に同行するものは従僧五人、沙弥《しゃみ》三人、童子十人、従僧童子各二人で、山陰山陽南海西海道をまわるつもりだったらしい。しかし、おそらくこの回国修行の計画は実現しなかったであろう。なぜなら、一度はその気になったものの、すでに日本国内では親王のこころは満たされないもののごとく、ふたたび同じ年の三月に上表して今度は入唐の勅許を奏請しているからだ。

大仏開眼の法会のあった貞観三年三月から、たった五カ月しかたっていない八月九日に、早くも親王は難波津から九州行の船に乗って、大宰府の鴻臚館まで来てしまっている。あっというまに、ぱたぱたと事がはこんでしまったふぜいで、諸国行脚どころではなく、もうこのときには親王のこころには入唐のことしかなかったはずだ。翌貞観四年七月、かねて唐の通事張友信に命じておいた船ができあがると、さっそく親王は僧俗合わせて六十人の集団をひきいて新造の船に乗りこみ、当然のごとく唐に向っている。この六十人の集団のなかには、のちに渡天に同行することになる僧安展もふくまれていた。

船はいったん、五島列島のはずれの遠値嘉島《とおちかじま》で順風を待ってから、ふたたび発して激浪の東シナ海を突っきり、ついに明州の揚扇山に着いたのは九月七日のことだった。明州から越州に移り、入京許可の手つづきをしながら待つこと一年八カ月、ようやく許可がおりて親王が洛陽から長安城に入ったのは貞観六年五月二十一日である。同行者の大半はすでに日本へ帰らせていたから、このときの一行は出発時にくらべればきわめて小人数になっていた。『頭陀親王入唐略記』には、留学僧円載が親王入城のことを懿宗《いそう》に奏聞するや、皇帝はいたく感嘆したとある。

ここでおどろくべきは、五月に長安に入城したばかりの親王が休むひまなく、その年の夏か秋に、ただちに円載をして渡天の手つづきを執らしめていることであろう。どうやら最初から親王の真の目標は天竺にあり、諸国行脚も入唐も、洛陽も長安も、そこに到達するための単なる布石にすぎなかったのではないかという気がしてくる。洛陽や長安で、かの地の高僧を相手に何度となく問答をかさねた末、どうしても解くことができなかった仏法の真理を求めて、やむなく天竺へわたることを決意したというのでは、よもやあるまい。そんな悠長なはなしではなく、単刀直入に、ぶっつけ本番に、親王は長安に入城するとすぐ、天竺へわたる手づるを求めたのだった。

皇帝から渡天の許可をえて、親王が勇躍して長安を発し、捷路をへて広州に向ったのは同年十月中である。杉本直治郎氏の説を引いてややくわしく述べれば、長安より南下して藍関をすぎ、秦嶺の一峰なる終南山を横断して漢水の流域に出、襄陽から虔州《けんしゅう》大庾嶺か郴州《ちんしゅう》路かのいずれかを取って広州に向ったのであろうという。長安から広州までの距離は四千里ないし五千里、親王の一行はたぶん馬で二カ月ほどかかってこれを踏破したのであろうという。この一行のなかには、むろん安展もいたし円覚もいたはずだ。広州に着いてみると、あたかもよし、風は東北モンスーンの最終季節にあたっていたので、親王の一行はここで稽留《けいりゅう》すべからずとて、ただちに南へ向う便船に乗りこんだ。それが貞観七年正月二十七日のことである。

雷州半島と海南島のあいだの水道をぬけると、海はいよいよ青ぐろく、黐《もち》のような粘りけさえ発して、名にし負うモンスーンもあらばこそ、船は遅々としてすすまなくなった。ひがなひねもす、どんよりした陽ざしの中に水蒸気の幕のような濃霧が垂れこめて、視界はさっぱり見通しがきかない。しかも蒸し暑い。夜ともなれば、ねっとりした水のおもてに小さな蛍のように光るものがぽつぽつ、なにかと見れば夜光虫である。南の海にはめずらしくもないが、うんざりするほどの退屈をもてあましていた親王の一行には、それさえ目を楽しませる一時のなぐさめであった。

あまりの退屈にやりきれなくなって、親王は舷に腰をおろすと、長安で手に入れた一管の笛を吹いてみることを思いたった。期待してもいなかったが、笛はよく鳴った。ながれる笛のしらべが舷から海へ、けむりのようにただよって広がると、水のおもてが一個所、もくもくとふくれあがって、そこに、なにとも知れず、坊主あたまの生きものがひょっくり顔を出した。笛のしらべについ誘われたというけしきである。親王は気がつかなかったが、同じく舷にいた安展はすぐに気がついて、このことを船長に知らせた。船長は水のおもてを透かして見ると、

「ああ、あれは儒艮《じゅごん》でござります。このあたりの海にはよく見かけます。」

退屈まぎれに船子たちの手で甲板に引きあげられた全身うす桃色の儒艮は、船長のさし出す肉桂入りの餅菓子を食い、酒をのませてもらうと、満足そうにうつらうつらしはじめた。やがて、その肛門から虹色のしゃぼん玉に似た糞が一粒、また一粒と、つづけざまに飛び出して、ふわふわと空中をただよっていったかと思うと、ぱちんと割れて消えた。

秋丸はこの儒艮がすっかり気に入ったらしく、自分が世話をするから船中で飼ってもよいかと、おそるおそる親王にうかがいを立てた。親王が笑って許したので、それ以後、儒艮は公然と船中で一行と寝食を共にすることになった。

あるとき安展が物かげから見ていると、索具に腰かけた秋丸は真剣な顔をして、その前で大きな鰭《ひれ》をぱたぱたさせている儒艮に向って話しかけている。どうやらことばを教えているつもりらしく、一語一語を区切っては嚙んでふくめるように、

「そーぶ、あじぇめと、にー。」

安展、思わず吹き出しそうになって、うしろをふり向くと、たまたまそこに円覚も来合わせて、

「あれは唐音ではないな。どこの蛮族のことばか。」

安展もひそひそ声で、

「うむ。それはおれもさっきから気づいていた。案ずるに、あれは烏蛮《うばん》のことばではなかろうか。」

「烏蛮。」

「うむ。雲南の奥に住む羅羅《ローロ》人のことさ。そういえば、あの秋丸の平べったく丸い顔には、どこか羅羅人を思わせるところがないでもない。」

しかしおどろくべきは、秋丸の親身の語学教育がよろしきをえたためか、それから十日ほどもたたぬうちに、ほんの片言の口まねにもせよ、あきらかに儒艮が人間のことばらしきものを口にしはじめたことであった。むろん、秋丸以外の人間には通ずべくもない鴃舌《げきぜつ》であったが、それでも獣類がことばらしきものを発したのだから大したものである。親王はこれを奇瑞として喜んだ。

そのころから、いままで絶えていた風が急にはげしく吹きはじめ、船は一転して海上を猛スピードではしり出した。適度ということがなく、いったん吹き出すと昼夜のわかちなく吹きに吹くから厄介な風で、これはえらいことになったぞと一同が怖じけをふる

い出すころには、すでにどこから見ても完全に暴風の様相を呈していた。それが十日ばかりもつづいた。こうなると小さな船はどうにもならず、どんどん南にながされるのを手を束ねて見ているよりほかはない。おそらく交州なんぞはとっくに通り過ぎたであろう。まだしも沈まないのが不幸中のさいわいで、どこでもいいから陸地さえ見えてくればと、祈るような気持で屋形の内に逼塞《ひっそく》しているのがやっとであった。親王をはじめ、一同が船酔いで気息奄々《えんえん》としているのに、どういうものか秋丸と儒艮だけは平然たるものだった。

ようやく風がおさまって、雲の切れめから久しぶりに青空がのぞき出したのは、こうして十日ばかりも正体なく南へ南へと吹きながされたあとだった。ときに、見張りの船子が帆柱の上から大声をはりあげて、

「陸地が見えたぞお。」

とたんに、げっそりしていた一同が活を入れられたように、甲板にわらわらとあつまって、行く手の海上に浮かぶぼんやりした島山のかげを熱心に見つめ出した。いや、島山などというものではなくて、それは左右にどこまでも長く海岸線のつづく、厚い緑の樹々におおわれた、途方もなく大きな陸地の一部にほかならなかった。

「どこだろう、ここは。交州よりはよほど南らしいが。」

「交州どころではない、ここは越人の住む日南郡象林県、あるいは近ごろ占城《チャンパ》と呼ばれ

ている土地ではないかと思う。やれやれ、とんでもないところまで押しながされてしまったぞ。」

「チャンパという土地の名は、維摩《ゆいま》経なんぞに出てくる植物、瞻蔔《せんふく》と関係があるのではありませんか。その花が遠くまで匂うので、金翅鳥が寄ってくるという樹です。梵語でチャンパカといいます。」

「さすがは円覚、経典にあかるいな。たぶん、このあたりには芳ばしい金色の花をつけるチャンパカの樹が多いのだろう。ほれ、見てみるがいい。名も知らぬような熱帯の樹々がびっしり、つい波打ちぎわまで隙間もなく生い茂っているではないか。さあ、上陸だ。」

マングローヴの根のわだかまった入江に、ほとんど坐礁するようなかたちで、船はしぜんに乗りあげてしまった。何十日ぶりかで吸いこむ、むっとするような鬱蒼たる植物の匂いに、一同は生気を取りもどしたような思いを味わった。いよいよ上陸である。儒艮も鰭でよちよちあるきながら、けなげにも、陸の上まで一同について行きたいという意志をあらわした。

密林のあいだに、わずかにひとの通った跡らしい、道のようなものができている。たけだけしい羊歯《しだ》類や木の根を踏み分けて、しばらく暗い樹間を通りぬけると、やがて眼界がぱっとひらけて、枯草のいちめんにはえた、たいそう広い空き地に出た。そして、そこには人間がいた。

このあたりに住む越人であろう、四五人の男が車座になって、にぎやかに談笑しながら、なにか飲み食いしている。よく見ると、肉や魚を手づかみでむしゃむしゃ食いながら、ときどき小さな陶器の碗にストローをさしこみ、そのストローの先端を鼻の穴に挿入して、碗の中の液体を鼻から吸いこんでいる。みながみな、同じことをやっている。枯草のかげから、このありさまを眺めた親王は不審にたえず、声をひそめて、

「おかしなことをやっているな。円覚、あれをなんと見る。」

「わたしも見たのは初めてですが、あれこそはかねがね伝え聞く鼻飲《びいん》という越人の風習でしょう。ああして酒や水を鼻から吸いこむのが、連中にとっては、なんともいえぬ妙味のあるところらしいのですね。」

そのとき、親王が不覚にも一発、枯草のかげで音高らかに屁をひったので、飲み食いしていた男どもはいっせいにこちらを向くと、わけの分らぬ土語をわめきちらしながら、立ちあがって寄ってきた。これには一同、少なからず緊張した。みずからポリグロットをもって任じている安展も、このあたりの土語までは手の内におさめていなかったから、すすんで通訳することもならず、円覚とともに当惑して立っているよりほかはなかった。

男どもはしかし、親王や安展や船長たちには目もくれず、一行のなかでいちばん若い秋丸にぎらぎらした異様な目をそそぐと、その中のひとりがいきなり秋丸を横抱きに抱

いて駆け出した。秋丸は手足をばたばたさせて必死にあらがうが、二倍もありそうな大男にはさっぱり通じない。そのまま仲間とともに秋丸をさらって行こうとするのを、さすがにだまって見ているわけにはいかず、まず安展が追いかけた。

若いころは喧嘩っぱやく、しばしば濫妨狼藉《らんぼうろうぜき》のふるまいがあって寺から追い出されたこともある安展、腕っぷしには自信があったから、つかつかと追いすがるなり、物もいわず、秋丸をかかえた大男にうしろから足ばらいをかけた。そして大男がよろけ、秋丸をどさりと地におとしたところを、さらに正面から相手の胸に頭突きをくらわせて、あおのけざまにこれを転倒させた。一瞬の早わざで、仲間たちは手出しするひまもなく、気を呑まれたようにたじたじと引きさがった。またいつあらわれるか分らないが、ともかく男どものすがたはこうして見えなくなった。

よほどショックが大きかったのか、枯草の上に投げ出されたまま、うっとりと気を失っている秋丸のそばに、だれよりも早く小ばしりに駆け寄ったのは親王であった。と、親王はそこに見るべからざるものを見たと思った。すなわち肩から胸にかけて、びりりと引き裂けた秋丸の衣服のあいだから、豊満というにはいささか欠けるが、あきらかに女のものである乳房がのぞいていたからである。

その夜、やむなく森の中の空き地で野宿することになった一同が寝入ってから、焚火のほとりで、親王と安展と円覚の三人が額をあつめて談合した。

「仏門の徒が女をつれて旅をするのは、いかがなものか。こうと正体が知れた上は、かわいそうだが秋丸には暇をとらせるほかはなかろう。」

「足手まといになるのではないかと、最初からわたしは心配だった。これから天竺まで行くのに、もしも雲南を越えるとすれば、険所はいたるところにあるだろう。女のかよわい足では一つだって乗りきれまい。」

親王はだまって聞いていたが、やがてふたりの意見が出つくしたと見ると、しずかに笑って、

「いや、それほど気にしたものでもない。男とか女とかいうことに、それほどこだわることもない。みなも知っているように、秋丸は最初は男だった。それがここへきて女になった。天竺へ近づけば、また男になるかもしれないではないか。そのくらいの奇蹟がおこることを覚悟していなければ、とても天竺なんぞへ足を踏みこめたものではないよ。とにかく秋丸の行けるところまで、つれて行ってやったとしても不都合なことはあるまい。」

この親王の理窟は、安展や円覚にはよく呑みこめなかった。しかし親王の鶴の一声で、ふたりはいっぺんに迷いが晴れたようになり、そんなつまらないことにくよくよしていた、それまでの自分が恥ずかしくなった。

最初はそれほど気にならなかったが、森の中で一夜をすごしてみると、この地方の気

温のおそろしく暑いことが身にしみて分るようになった。日本では考えられないような、気がめいるほどの暑さである。朝になって、一行はふたたび森の中をあるき出したが、正午に近い陽ざしがじりじり照りつけるようになると、もう笠なしではあるいてなんかいられない。とある菅《すげ》の茂みの中で、それぞれ手製の菅笠をつくって、それをあたまにかぶってあるくことにした。秋丸は自分の笠のほかに、儒艮の笠もつくってやった。しかし、水から出るだけでもいいかげん苦しいのに、さらに暑さが加わって儒艮はめっきり弱り、どうにか秋丸に支えられて遅れずについてはきたものの、その日の午後、ついに力つきたもののごとく死んだ。死ぬ前に秋丸に向って、はっきり人間のことばでこういった。

「とても楽しかった。でも、ようやくそれがいえたのは死ぬときだった。おれはことばといっしょに死ぬよ。たとえいのち尽きるとも、儒艮の魂気がこのまま絶えるということはない。いずれ近き将来、南の海でふたたびお目にかかろう。」

謎のようなことばをのこして、儒艮はしずかに目をつぶった。森の片すみに穴を掘って、儒艮の死体を手厚くほうむると、墓の前で三人の僧がねんごろに読経した。また、儒艮が初めて海から出てきたときに笛を吹いていたことを思い出したので、親王は死せる海獣の供養のために、ふたたびここで笛を吹いてやることを思いついた。熱帯の森の中に、笛の音はほそく冷たく泉のようにながれ、樹の間に分け入り、ひとしきり冴えわたって鳴りひびいた。

すると、そこに異様なかたちをした生きものが飛び出してきた。

「ああ、うるさい、うるさい。おれは笛なんか大きらいだ。せっかくいい気持に昼寝をしていたのに、やくたいもない笛の音で起されてしまった。ええ、いまいましい。」

耳ざわりな金切り声でわめきながら、せわしなく動きまわる生きものはと見れば、これはいかなる生きものだろう。口は細長くのびて管のごとく、尾はふさふさと長毛を生じて扇のごとく、そして四つの足は藁の脛巾《はばき》でもはいたように、あるいは毛沓《けぐつ》でもはいたようにもしゃもしゃしている。とがった口の先から、しきりに長い舌をぺろぺろ出している。せかせかとあるくたびに、袴の裾をひきずるように、尾の長毛が地を掃いて風を巻きおこす。

親王はおもむろに笛を錦の袋におさめると、つくづくあきれたように、

「円覚、おまえなら知っているだろう。この奇態な生きもの、これは何というものだ。」

円覚はあたまをかいて、

「いや、こればっかりはわたしにもとんとこころあたりがありませぬ。かの山海経にも出ていないような、想像を絶する化けものとしかいいようがない。打ち見たところ、どうやら人語をあやつることができるらしいから、ひとつ、わたしが問答して素姓を洗い出してみましょう。」

円覚、一歩すすみ出るや、生きものをきっとにらんで、

「これ、化けもの、なんじはみこのお吹きになる笛を、事もあろうにうるさいなどとぬかしおった。無礼であろう。知らなければいって聞かせるが、このお方は平城帝第三の皇子、つとに落飾なされて伝燈修行賢大法師位をえられた真如親王であらせられるぞ。もし名があるならば、なんじもわるびれずに名をなのったらどうだ。」

生きものはけろりとして、

「おれは大蟻食いというものだ。」

円覚、みるみる怒りに顔をまっかにして、

「ふざけるな。まじめに答えろ。こんなところに大蟻食いがいてよいものか。いるはずがないぞ。」

いまにも相手につかみかからんばかりの剣幕なので、親王、見るに見かねて、

「おいおい円覚、なにもそう赤くなって怒ることはあるまい。ここに大蟻食いがいたとしても、べつだん、かまわないではないか。」

円覚は食ってかかるように、

「みこはなにも御存じないから、平気でそんな無責任なことをおっしゃいます。それなら、わたしもあえてアナクロニズムの非を犯す覚悟で申しあげますが、そもそも大蟻食いという生きものは、いまから約六百年後、コロンブスの船が行きついた新大陸とやら

で初めて発見されるべき生きものです。そんな生きものが、どうして現在ここにいるのですか。いまここに存在していること自体が時間的にも空間的にも背理ではありませぬか。考えてもごらんなさい、みこ。」

するとと大蟻食いが横合いから口を出して、

「いや、そんなことはない。おれたち一類の存在がコロンブスごときものの発見に左右されるなどとは、とんでもない言いがかりだ。見そこなっては困る。おれたちは人類よりも古く、この地上に生をいとなんでいるものだ。およそ蟻の生きているところ、おれたちが生きてはいけないという法があろうか。おれたちの生きる場所を新大陸に限定しようとは、あまりにも虫のよい人類本位の考えかたではないか。」

円覚はひるまず、

「それではきくが、なんじは新大陸からいつ、どうしてここへ渡って来たのか。もしそれに答えられなければ、なんじの存在は虚妄ということになるぞ。」

大蟻食いは少しもさわがず、

「おれたち一類の発祥した新大陸のアマゾン河流域地方は、ここから見て、ちょうど地球の裏側にあたっている。」

「それがなんとした。」

「つまり、おれたちは新大陸の大蟻食いにとってのアンチポデスなのだ。」

「なに、アンチポデスだと。」

「いかにも。地球の裏側には、ちょうど物のかげが倒立して水にうつるように、おれたちの足の裏にぴったり対応して、おれたちとそっくりな生きものがさかさまに存在している。それがアンチポデスだ。新大陸の大蟻食いとおれたちと、どっちの存在が先か後かは問うところではない。おれたちは蟻塚をこわして蟻を食うが、この地方にも新大陸におけるとそっくりな、おびただしい蟻塚があるのをおぬしはなんと見る。おれたちは蟻塚によって、最初からここに生きる権利を保障されているようなものではないか。」

ここで親王が両者のあいだに割って入って、

「もうよいわ。その議論、わたしがあずかろう。まことに、大蟻食いのいうことにも一理はある。円覚もあんまりむきになるな。アンチポデスといったな。そのアンチポデスを見んがために、わたしははるばる天竺への渡航をくわだてたといってもよいくらいじゃ。ここで大蟻食いに出会ったのは、だから、もっけのさいわいだったといっても過言ではなかろう。ときに、さきほどのはなしの中に蟻塚というものが出てきたのをおぼえているが、わたしは蟻塚なるものをまだ一度も見たことがない。大蟻食いとやら、さしつかえなければ、そこへ案内してはくれぬか。ついでにおぬしが蟻を食うところを見せてもらえるなら、それもありがたい。」

大蟻食いは機嫌を直して、さっそく一同の先頭に立つと、長いからだをゆすぶりながら、ずんずん森の奥へ分け入った。生きものの好きな秋丸は大喜びで、大蟻食いのすぐうしろにしたがった。

行くこと一里、たちまち視界がひらけて、そこに円錐形の蟻塚の高くそびえているのを目にしたときには、一同、声もなく立ちすくんだ。だれしも、こんな奇怪なものを見たのは初めてだったからである。なんといったらよいか、松ぼくりのようなかたちのものが桁はずれの大きさに引きのばされて、地下から地面を突きやぶって飛び出してきて、にょっぽりと中空に立ちはだかったというけしきで、その見あげるばかりの高さは、とても昆虫がつくったものとは思われず、この地方の古代文明の遺跡ではないかと思われるほどの魁偉《かいい》さだった。

その蟻塚のざらざらした表面の、ちょうど背のびした人間の手がとどくほどの高さのところに、これは何だろうか、桃の実くらいの大きさの、つやつやした緑色の円い石みたいなものが嵌《は》まりこんでいるのに、ゆくりなくも親王は気がついた。ひとたび気がつくと、その正体はなにか、どうしても知りたくてたまらなくなった。これは大蟻食いにきくよりほかはない。大蟻食いはいましも蟻塚の一角に爪で穴をあけて、そこから細長い口をさしこんで、その長い舌で器用に蟻を食べているところだったが、親王に問われるにおよんで、およそ次のようなことを語った。

「われら一類のあいだに伝わる伝承では、いつのことか、あの石は海のかなたの国から飛んできて、非常ないきおいで蟻塚にぶちあたったので、かくは外壁にふかくめりこんでしまったと申します。取ろうとしても取れませぬ。石は翡翠だそうで、月のあきらかな夜、透きとおるように光って、その中に一羽の鳥のすがたが見えるといいます。月に照らされて、月の光を吸いこんで、石の中の鳥はだんだん大きくなりました。いずれは、石の殻をやぶって、誕生の羽ばたきとともに、かなたの空に飛び立つことでしょうが、そのときにはわれらアンチポデスの一類、ことごとく実体をうしなって消滅してしまうのではないかと心配しているものもいるようです。不条理なはなしですが、そういう伝承があるのです。」

この伝承に親王はふかくこころを動かされたが、さあらぬ態をよそおっていた。ただ暦学にくわしい円覚に向って、さりげなく次のようにきいただけだった。

「次の満月の夜はいつかな。」

「上弦がふくらみかけておりますから、あと二三日のことと存じます。」

その満月の夜、仮寝の床でみなが眠りこんだのを確かめると、親王はこっそり起き出して、たったひとりで草木を踏み分けて森の中をあるき、かの蟻塚の前に立った。月はまだ空にのぼりつつあり、その下にくろぐろとした偉容を示す蟻塚は、昼間の光の中で見たときよりもさらに奇怪だった。

息をころして待つこと半時、やがて月が中天に達するや、蟻塚はひときわあかるく照らし出され、それとともに、蟻塚の外壁に嵌まりこんだ小さな石も、はっきりそれと見分けられるまでになった。いや、見分けられるどころではなく、すでに石は目にまぶしいほどの晃々たる光をはなって、どうしてもそこに目を向けずにはいられなかった。親王はそこにひたと目を向けた。鳥はいた。内部から滾々《こんこん》とあふれ出る光に浴して、石の中の鳥は目にもけざやかに、いまにも殻をやぶって飛び立たんばかりのすがたに見えた。

そのとき、ふいに親王のこころに思い浮かんだ考えは、自分でもまったく意想外で、いかにも突飛なようで、すぐにはみずから納得しかねるほどのものだった。すなわち、もしこの鳥が石の殻をやぶる前に、自分が思いきって、この石を日本に向けて力いっぱいほうり投げるとすれば、みるみる時間が逆行して、ふたたび過去が目の前に再現するということもありうるのではないか。そんな途方もない考えだった。むろん、そういう考えがあたまに湧いてくるためには、そのとき親王のこころに、あの何とも知れぬ光るものを暗い庭に向って投げた、影絵の中の女のような、六十年前の薬子のすがたが思い浮かんでいなければならないはずだった。

「そうれ、天竺まで飛んでゆけ。」親王の耳には、あのときの薬子のことばが音楽のように鳴っていた。

親王は誘惑とたたかった。いっぽうでは、鳥が石の中から飛び立つのを見たいという気持もないわけではなかった。しかし他方では、鳥を石の中に封じこめたまま、ふたたび甘美な過去の時間にひたってみたいという気持も強くあった。すなわち石を日本へ投げて時間を逆行させれば、なつかしい薬子に会えるのではないかという万が一の期待である。誘惑はついに勝って、親王は背のびして手をのばすと、ざらざらした蟻塚の外壁の、ついあたまの上ほどの高さのところで光っている石を、力をこめてもぎ取ろうとした。石はぽろりと落ちた。そのとたん、光は消えて、石はただの石になっていた。

親王は気落ちしたように、その夜のうちに一同のところへもどった。そして、このことは自分ひとりの胸に秘めて、あえてだれにもしゃべらなかった。のちになって、たまたま一同の前で大蟻食いのことを話題にしたことがあったが、安展も円覚も秋丸も、なんのことかさっぱり分らないといったふうに、きょとんとした顔つきをしているのを見て、親王はあらためて狐につままれたような思いをふかくした。どうやらそんな生きものには、親王はついぞだれも出会わなかったらしいのである。

蘭房

周達観は元代のひと。成宗の命により真臘（カンボジャ）につかわされた元朝の使節に随行して、同地におもむき一年ばかり滞在、帰朝後その見聞を『真臘風土記』に録した。その記事によれば、真臘の沿岸には港およそ数十をかぞえるが、ただ一つをのぞいては「ことごとく沙をもって浅し。ゆえに巨舟を通ぜず。あまねく望むに、みな修藤古木、黄沙白葦、倉卒いまだ弁認し易からず。ゆえに舟人、港を尋ぬるをもって難事となす」とある。高丘親王の一行が船で真臘の沿岸に近づいたのは周達観の時代より四百年も前のことだが、それでも事情は似たようなものであったにちがいなく、メコン河デルタいちめんに生い茂った茫々たる蘆荻《ろてき》のあいだで、一行は八幡の藪知らずに迷いこんだようなこころぼそさを嚙みしめねばならなかった。さいわい増水期で水位があがり、メコン河につながる河川はいずれも勢いはげしく逆流していたから、一行の船はごく自然に海から河をさかのぼるというかたちになり、十日ばかり北へ北へとさかのぼった末、気がついたときにはすでに内陸部にふかく入りこんでいた。すると、そこに途方もなく大きな湖があった。周達観が「淡洋」と呼んだところの、現地のことばでいえばトンレサップ湖である。

「こんな大きな湖はとんと見たことがない。近江の湖の何層倍あるかな。」

「近江の湖どころか、かの洞庭の大湖もおよばぬほどじゃ。雨で水がふえて、ふだんよりはよほど大きくふくれあがったと見える。」

安展も円覚も舷に立ったまま、あきれたように満々たる水のひろがりを眺めていた。目路はるか、水は果てしもなくたゆたって、銀色に光りつつ、かなたの空と一つに溶け合っていた。ただ水ばかりで、船のすすまんとする方角には、山も見えなければ森も見えない。いかに南の果ての真臘とて空には鳥も飛び、水には魚も棲むだろうが、どこを見ても生きもののけはいは絶えて、影すら見えない。さすがに年少の秋丸が不安げに、

「天竺へ近づくには山を越さねばならないそうですが、みこ、その山はまだ見えないのでしょうか。」

親王は笑って、

「そう簡単に天竺へ近づけると思ったら大きに間違いだ。山はまだまだ北にすすまなければ見えないだろうよ。まず水だ。わたしたちは水の世界をくぐり抜けて、それから山にはいる。それが定法というものさ。」

つい目の前に、野生の浮稲《うきいね》の水辺にひょろひょろとはえた、中洲のような陸地が湖面

からあらわれているのを認めて、船長《ふなおさ》はしばらく船をここに繫留したいと申し出た。親王がこれを許したので、船は水や食料を補給するまで水辺に仮泊することになった。船の上から見たのでは水とほとんど見分けがつかず、なんだか浮島のように頼りなく見えたのに、げんに陸地に足を踏みおろしてみると、そこは意外に堅固な感じで、しかも広くて、どこまでもあるいて行けそうな気がした。水たまりには小魚も跳ねていた。やはり生きものはいた。親王は秋丸をつれて、船が小さく見えるほど遠くまであるいて行くと、そのあたりに見つけた恰好な葦辺で、魚を釣ることを思いたった。魚は鯉の化けものみたいな、唐人が草魚と呼んでいる大きなやつである。葦の葉や茎を餌にして釣れば、おもしろいようにかかる。秋丸を相手に夢中になって魚を釣っているところに、不意に音もなく水の上を近づいてきた一艘の小舟から、男の声がして、

「なにをしていなさるかね。」

流暢な唐音に、顔をあげて見ると、唐朝の宦官《かんがん》のような、黄色く皺《しわ》びた顔をした、小づくりな男がひとり舟の上で櫂《かい》をあやつっていた。幞頭《ぼくとう》をかぶり、絹の緑色の袍《ほう》をまとって、年たけたように見えたが、実際には六十すぎの親王よりもずっと若いにちがいない。こんな人跡まれな辺境では場ちがいの、儀式ばった派手派手しい男の服装に親王はまず目をおどろかされた。男の顔をまじまじと見つめながら、親王はしずかに答えた。

「見れば分るだろう。魚を捕っている。」

するとと男は親王のことばを聞きとがめて、

「ちょっと、あなたの唐音はおかしい。どこの方言とも知れぬ、妙ななまりがあるようだ。よもや生れながらの唐人ではありますまい。どこの国のおひとかな。」

「お見通しのごとく、わたしは唐人ではない。ありていに申せば、日本から来たものだ。」

「日本から。すると日本人か。これはおどろいた。わたしは日本人に会ったのは初めてだ。聞きたいことがいろいろあります。まあ、この舟にお乗りなさるがいい。そちらのおにいさんもどうぞ御一緒に。」

髪型も服装も女の子のそれではないので、てっきり秋丸を男の子と思ったらしい。親王はわれにもなく口もとをゆるめて、遠くに見える船のほうを指すと、

「いや、あちらに見える船にわたしの同行者が待っているのでね。彼らに無断で、あなたといっしょに出かけてしまうわけにはいきかねます。」

「なに、ほんの一時《ひととき》ばかりのことですよ。おもしろいところへ御案内しましょう。まさに千載一遇のチャンスでして、きょうという日をのがせばもう当分は見られませぬ。」

「いったい、どこでなにが見られるのですか。」

「ジャヤヴァルマン一世の後宮です。ここから掘割を抜けて一里ばかりのところに人工

の池があり、その池のなかに小さな島がありますが、王の後宮はその島にあります。」

親王はもとより真臘国の歴史にあかるくはなかったから、ジャヤヴァルマン一世といわれても、なんの具体的なイメージもあたまに思い浮かばなかった。しかし、もしもその王が仏教の帰依者で、天竺の聖地に関する何らかのインフォーメーションを握っているとすれば、ただちに王に会うことはできないにせよ、その後宮なるものを男の案内で尋ねてみるのも無駄ではあるまいと考えた。そう思っていると、相手は親王のこころの中を読みとったかのごとく、ことばをつづけて、

「これまで歴代の諸王がこころみて達成しえなかった真臘国の統一を、初めて成しとげたのがジャヤヴァルマン一世です。あるいは転輪聖王とたたえられ、あるいは大自在天の化身と崇められているお方です。たまたま、きょうは偉大な王の八十回目の誕生日にあたっているので、とくに島の後宮がわれわれ一般民衆のために開放されるというわけです。といっても、だれでもが入場できるのではない。わたしのような宮廷に仕える官人でなければ入場の資格はありませんし、たとえ資格があっても、法規にかなった手形を見せなければだめです。わたしは正式の手形をもっていますから、あなたがたを同伴して入場することもできるはずです。さあ、乗ってください。ぐずぐずしていると定刻におくれます。」

秋丸がしきりに目くばせして、男の誘いを断わるべきだということを告げるので、親

王にはどうしようかと迷う気持もあった。あとにのこった安展や円覚がどんなに心配するだろうかと思うと、ここはきっぱりと断わったほうがよさそうでもあった。しかし持ちまえの好奇心には勝てず、親王はつい誘われるままに小舟に乗りこんでしまった。秋丸も不承不承、親王のあとから乗りこんだ。三人も乗ればいっぱいになるほどの小さな舟だったが、男がたくみに櫂をあやつると、舟はすべるように水の上をはしり出した。

はしり出してからまもなく、男は足もとの頭陀袋に片手をさし入れて、一つかみの貝殻を取り出すと、

「ごらんなさい。これがジャヤヴァルマン一世の後宮に入場するのに必要な手形です。わたしは温州生れの唐人ですから、この国では一介の外国人にすぎませぬが、長く宮廷に仕えたために特別に下賜されたのです。」

そういって片目をつぶり、にやりと笑った。見ると、それらはいずれも同じ種類のほら貝であった。

しばらく湖上をすすんでから、舟はやがて人工の掘割にさしかかった。掘割、あるいは小さな運河というべきか。親王は唐土にあったころ、泗州《ししゅう》の普光王寺に参詣するために、安展ら数人の従者を伴って、杭州からはるばる江南大運河によって北上したときのことを思い出した。むろん、いま通っている掘割はそれほど大きなものではなく、左右の岸は石積みの堤防によって固められているから、たとえば杭州や蘇州の城内の水路に

近いものだと思えばよいかもしれない。ただ町の中の水路とちがうところは、左右の岸に人家もなければ亭館もなく、また楊柳が枝を垂らしているようなけしきもなく、およそ人間の手の加えられていない、野生のままの矮小な植物が地を這っているのを見るだけというところだった。人間のすがたが見えないのはいうまでもない。石積みの堤防にはびっしり苔《こけ》がはえて、ところどころ崩れかけた部分もあり、もう何百年も前から破棄されて、そのままに打ち捨てられているという感じである。例のジャヤヴァルマン一世とかいう王が造らせたのだとしても、そもそも何のために、こんな場所にこんな掘割が築かれたのか。考えてみると、それさえ腑に落ちないような気がするほど、この掘割は無意味そのもののように思われた。

舟がすすむほどに、最初はごくまばらであった岸の植物もだんだんと密にはびこって、棕櫚《しゅろ》や檳榔《びんろう》樹や榕樹《ガジュマル》の気根や、さては奇怪にねじくれた蔓性植物などの繁茂を見せるまでになった。唐人の櫂さばきは意外に急ピッチで、気がつかぬうちにずいぶん遠くまで来ていたらしい。陽のあたった掘割の石の上に、一匹のとかげが背中を金色に光らせて、オブジェのようにじっと動かずにいるのを親王は見た。また、ガラスのように透明な蝶がゆっくりと羽ばたいて、水面すれすれに飛んでゆくのを見た。五色の鸚鵡《おうむ》が手のとどきそうな低い枝にとまって、人間そっくりの声でわめくのを見た。すべて日本では見たこともないような珍奇なものばかりだったので、親王の好奇心はそれだけでも大いに満足させられた。しかし親王の好奇心をもっとも強く惹きつけたのは、これら自然のものよりもむしろ人工のものだった。密林を切りひらいて、やや広くした岸の一隅の、茂った羊歯《しだ》の葉がくれに、稚拙な丸い顔のついた石造りの円筒が立っているのを見て、親王はなんだろうと思った。そう思って見ていると、同じような円筒が一つだけではなく、一定の間隔を置いて、いくつも立っているのに気がつく。おそらく何らかの祭祀の対象であろう、てっぺんが丸い円筒で、その中ほどから丸い顔が飛び出している。唐土にあってもついぞ見たことのない異なものだった。

黙々と櫂をあやつっている唐人に、親王はたまりかねて質問した。

「あそこに見える、あの石は。」

「ああ、あれですか。あれはリンガというものです。」

唐人は事もなげに答えた。

「リンガ。」

「さよう。日本のお方が御存じないのもむりはないが、あれは大自在天の男根をかたどったもので、あの中ほどに刻まれた顔がすなわち大自在天の顔です。大自在天、つまり梵語ではシヴァ神ですがね。この国の王はシヴァ神の化身と考えられていますから、リンガには王の霊魂が宿っていると信じられています。」

親王にはこれまで、男根崇拝に関する何の知識もなく、何の観念もなかったが、唐人のことばを耳にしても、べつだんそれほど奇異の念はおぼえなかった。淫祠邪教などということばもさっぱり思い浮かばなかった。額に第三の目のある、丸々とした童子のようなシヴァ神の顔を見て、むしろふしぎななつかしさをおぼえ、つい口もとをほころばせたほどである。見ろ、天竺は近くなったぞ。喜べ、天竺はもうすぐおれの手のうちだぞ。次第にはずんでくるこころの中で、そう叫び出したい気持を親王は押さえかねていた。思わず、かたわらの秋丸をかえりみて、

「なんと、秋丸、唐土には見られぬ南国のけしき、おもしろいからよく見ておくがいいぞ。あのリンガとやらについている顔は、おまえの顔に似ているような気がするが、どうじゃな。」

めったに口にしない親王のざれごとだったが、親王が浮き浮きすればするほど、かえって秋丸は恨みがましく泣き出しそうな顔で、

「そんな、ばからしい。御冗談はやめてくださいさい。どこへつれられて行くのやら、わたしは心配でたまりませぬ。なぜみこをお引きとめしなかったかと、あとで安展さまにこっぴどく叱られるのではないかと思うと、もう気が気ではありませぬ。」

「おまえにも似合わぬ取越し苦労をするものだな。それは考えすぎというものだ。」

唐人には聞えないように、ひそひそ声で話しているつもりだったが、せまい小舟の中のこととて、ふたりの私語は唐人の耳に筒ぬけだったらしく、

「御心配はいりませんよ。わたしは人買いではありませんし、これから行く先が後宮だからといって、そこでは若い女の子しか必要としていないはずです。ですから、おにいさんもどうか御安心なすって。」

そういわれても秋丸は怒ったように、ぷいとそっぽを向いたままだった。

うねうねと曲りくねった掘割はいつ果てるともなく、舟は規則正しい水音をひびかせて、石積みの両岸のあいだを一定の速度ですすんだ。周囲は相変らず植物の繁茂のみで、ひとの影はちらとも見えない。船尾にすわった親王と秋丸のつい目の前で、唐人は舳先に背を向けて一心に漕いでいた。両足を踏んばって、両手の運動とともに上体をはげしく前後させるので、あたまにのせた奇妙なかぶりものがふっとばされて水の上に落ちはせぬかと気になるが、決して落ちない。初めて親王とことばを交わしたとき、あれほど日本人をめずらしがったのに、その後は忘れたように日本のことを話題にもしない。なにを考えているのか、容易につかみがたい唐人の心底であった。それでも、だまって船のなかで顔を向き合わせているのは気づまりでやりきれないので、親王はつとめて話題をさがして、また唐人にことばをかけた。

「二十五歳をすぎて出家してからは、わたしも女ぎれのない暮らしをつづけてきたものですが、その前にはたしかに妻もいたし、生ませた子どもも三人ばかりおりました。わたしの父は日本のみかどでしたから、妃からはじまって官女やら采女《うねめ》やらに至るまで、かかわり合った女は何人いたか知れませぬ。日本にかぎっていえば、わたしも幼時から父の後宮に出入りしていたので、おおよそは後宮の実態なるものを知っているつもりですがね。」

「なるほど。人品骨柄、よもやただのひとではないと思っておりましたが、日本のみかどの御子でしたか。それならば、ますますわたしにも御案内する張りが出てきます。日本の後宮については残念ながら知りませぬが、なにしろ真臘国の後宮ときたら、万人がそこで自由に楽しむことのできる、世界に冠たる妓楼ですからな。」

「え、なんとおっしゃる。」

「世界に冠たる妓楼と申しあげたのです。」

「それはまたなぜに。」

「前に申しあげませんでしたか、きょうは偉大な王の八十回目の誕生日にあたっているので、王の後宮が一般民衆のために開放されるのだと。」

「それは聞きました。」

「つまり開放されるという意味は、われわれ一般民衆も王と同じく、後宮の主人になりうるということです。きょう一日だけは王の後宮も、一般民衆のための女郎屋に変じるということです。」

「ははあ。」

いささか困惑の表情を浮かべた親王を眺めて、唐人はいままでの自分の説明の不足していたことに気がついたらしく、一段と声を張りあげて、次のように語り出した。

「御不審の点があるようなので手短に説明いたしましょう。江湖に名高い真臘国の後宮をいとなんだのはジャヤヴァルマン一世ですが、この王、若年よりはなはだ荒淫、すでに三十歳にして世のつねの女に満足しえなくなり、珍奇をもとめて四隣の国々へ使者をつかわしました。古くからのいいつたえによれば、驃《ピュー》から雲南にかけての山嶽地方、すなわち今日、南詔という国が威勢をふるっている険峻の地方に、まれに単孔の女を出生せしめる種族が住んでいるといいますが、王はこの世にもめずらしい単孔の女をもとめたのです。なぜ単孔の女が王の垂涎《すいぜん》の的になったかといえば、さる天竺のバラモンの説く房中術の理論において、この種の肉体的特徴をそなえた女がきわめて高く評価されているからとしか申しようがありませぬ。あとはよろしく御想像にまかせます。わたしにしたところで、実際に単孔の女を見たわけではなく、ましてやこれと情を交わしたわけではないのですから、その肉体上の利点を想像によって知るよりほかないところは、あなたの場合とまったく同じです。」

唐人はここで初めて、まっくろな歯を見せて笑った。それからふたたび語を継いで、

「王のつかわした役人は雲南の奥ふかくへ分け入って、秘境というべき羅羅《ローロー》人の住む山間の集落をさがしまわったあげく、十年がかりでたった数人の、単孔の女をようやく見

つけ出すことができたそうです。女たちは島の後宮に閉じこめられ、陳家蘭と呼ばれて王の愛玩を受けました。けだし、蘭のような珍種の意でしょう。わたしとしてはむしろ、鳥に近い女だと思うのですがね。それはともかく、この陳家蘭、最初はわずか数人でしたが、さらに十年たつうちには二倍にふえ、いつしか数十人にふくれあがったといいます。おそらく、家畜を改良してすぐれた品種をつくり出すように、何らかの方法を用いて、女たちを飼養管理した結果によるところも大きかったのではありますまいか。」

「しかし、そんなことが可能だろうか。」

親王があきれて、思わずこうつぶやくと、唐人は感情を害したように声を強めて、

「可能か不可能か、それをこれから見に行こうというのではありませんか。陳家蘭は、わたしの久しい眷恋《けんれん》の対象です。せめて生きているあいだ、王の恵みにあやかって、一度でいいから抱いてみたいとかねがね思っておりましたのに、それがきょうという日、奇しくも念願かなって、いよいよわたしの目の前に、その秘密のヴェールをかなぐり捨てようとしているのです。わたしは大願成就を目前にしているのです。それですから、あだやおろそかに、陳家蘭の存在を疑うようなことはおっしゃらないでいただきたい。日本は知らず、少なくとも真臘国の後宮では、陳家蘭は多くの妃嬪のあいだで、有力な一つの階級を形づくって今日にいたっているのですからね。その存在を否認することなんか、だれにだってできやしませせぬ。」

しゃべっているうちに、ようやく掘割がきわまって、舟は広い人工の池の中にゆるゆるとすべりこんだ。周囲百里もあろうかと思われる方形の池で、その中央に石を築き土を盛った小さな島が見える。いちめん緑におおわれた、こんもりとした島で、樹々のかげには白っぽい建物の壁もちらちらする。わざわざ聞くまでもないとは思ったが、親王は念のために、

「あの島ですか。」

「あの島です。」

打てばひびくように、確信にみちた答が撥ねかえってきた。

「この池も、この島も、王の命により陳家蘭を収容するために新たに造営されたものです。王宮から池まで、水路は一直線に通じています。この国では、交通はもっぱら水路によりますから、いまわたしたちが通ってきた掘割のほかにも、掘割はいたるところ網の目のように四通八達しています。」

おかしなことに、唐人の説明のことばをうわの空に聞きながら、親王はにわかに眠くて眠くてたまらなくなってきた。単調な櫂のひびき、水面にゆらめく光の反映、それに絶えまない舟の横ゆれが、もしかしたら長時間にわたって催眠的な効果をおよぼしたのかもしれなかった。堪えがたい睡魔にひきずりこまれるように、親王はずるずると懶惰《らんだ》な放心の状態に落ちていった。そして、そのあげくに短い夢を見た。

夢の中でも親王は舟に乗っていた。ただし、その舟は櫓で漕ぐ舟で、漕いでいるのは船頭である。乗っているのは親王と藤原薬子で、ふたりはせまい舟のなかで膝をつき合わせている。こうして薬子といっしょにいる以上、親王は夢の中で七つか八つの子どもにかえっているのにちがいない。しかしそれならば、どうしてそこに父の平城帝がいないのか。たしか七つか八つのころ、親王は舟で琵琶湖の竹生島《ちくぶ》に詣でたことがあったが、そのときは父といっしょで、薬子は舟の中にいなかったはずだ。

「あのときはね、わたしは行かなかったの。ほんとうは行きたかったんだけれど、御遠慮申しあげたのよ。どうしてだか、みこ、お分りになりますか。」

「そんなこと分らない。」

「だって竹生島は女人禁制ではありませんか。だから、わたしはあえて御遠慮申しあげたのです。でも、きょうというきょうは大丈夫よ。ほら、見てごらんなさい。みこ。」

嫣然《えんぜん》と笑う薬子を見ると、いつのまにか舟の中で薬子は長い髪の毛を少年のように束ね、童装束《わらわそうぞく》の水干をきて、すっかり男の子みたいな恰好をしている。それがまた凜々《りり》しくて、なんともいえない色気があって、じつによく似合っている。とても四十に近い女とは見えない。これなら女人禁制の竹生島の神官のきびしい目だってうまくごまかせるだろう。親王は嬉しくなって、思わず自分もにこにこしてしまう。

ただ、それでもやはり気がかりなのは、どういうわけか、この場に父のすがたが見えないことだ。これまで父を抜きにして、薬子とふたりだけで外出したことは一度もないし、いわんや近江の竹生島のような、都から遠く離れたところへ足をのばしたことなどはない。父と薬子とが、ただの主従関係ではないことを子どもごころに知っていればこそ、薬子が父の愛人であることを意識していればこそ、この場に父をまじえずに、薬子と自分とふたりだけで会って楽しんでいることが、親王には何かうしろめたいことのように思われてならないのだった。なにもしないでいてさえ、父を裏切っているような気がしてならないのだった。しかしそうはいっても、こうして男装した薬子とさしむかいで舟に乗って、初めてだれにも邪魔されずに、水入らずのふたりづれで旅をしていることが嬉しくないはずはなく、ともすれば浮き浮きした気分になるのを親王は押さえることができなかった。

舟のめざす方向、はるかかなたに浮かぶ竹生島は、島をぐるりと取り巻く断崖の上に帽子でもかぶったように、緑の樹々がこんもりと盛りあがって見える。前に一度、これとそっくりなかたちの島をどこかで見たことがあるような気がしたが、それがどこだったかを親王はどうしても思い出せなかった。いや、思い出せないのも道理で、まだ八つになるやならずの親王には、琵琶湖に浮かぶ大小いくつかの島よりほかには、それまでにどんな島を見たという経験もなかった。見たことがないものを、どうして思い出すことができようか。

島の東にわずかにせまい入江があり、そのほかの周囲はみな屏風を立てたような断崖なので、竹生島に上陸するには、この東の入江に舟を近づけるよりほかはない。舟からあがれば、すぐ目の前に石段があり、どこの寺社に行くにしても、この石段をのぼるよりほかはない。親王と薬子は手をとりあって石段をのぼった。夢の中では、苦もなく二三段飛び越して軽々と石段をのぼることができるのに、親王は快感に似たものを味わった。

石段をのぼりきったところに、湖水に向って張り出した朱塗りの回廊があり、回廊のかたわらに一基の三重塔が立っていた。現実の竹生島に三重塔があるかどうか、それはどうでもよいことで、ここで問題にしているのはあくまで親王の夢の中の竹生島、夢の中の三重塔である。三間四方の檜皮葺の三重塔で、下から見あげる屋根の反りが息をのむほど美しい。しばらく見とれていたが、薬子に強く手をひかれて、親王は塔の内部に足を踏み入れた。

塔の内部はうす暗く、目が慣れるまでにはやや時間を要した。やがて目が慣れてくるとともに、そこの四方の壁に、極彩色で描かれた浄土変相の図がぼうと浮かびあがって、親王はあっと声をあげた。いつの時代の作か、まだ色もあざやかである。下のほうに阿弥陀や諸菩薩がごちゃごちゃしているが、とりわけ親王の目を惹きつけたのは、それらの上空に飛んでいる豊満な鳥のからだをした女であった。天人の羽衣とはあきらかにちがって、鳥の翼、鳥の羽毛を生れながらに身につけている。ひとたびそれに目をうばわれると、もうそのほかのものはほとんど見えなくなってしまった。

「これ、なに。」

指さして、声をひそめて、親王はきいた。

「迦陵頻伽よ。」

「カリョービンガ。」

「そう。天竺の極楽国にいる鳥よ。まだ卵の中にいるうちから好い声で鳴くんですって。顔は女で、からだは鳥。」

「薬子に似ているね。」

「あら、そうかしら。」

親王のいう通り、その天平美人の系統をひいた、ふくよかな、おっとりした、ものに動ぜぬ顔のつくりは、薬子のそれと共通した特徴といえばいえないこともなさそうであった。

三重塔を外へ出ると、あたりはくろぐろと闇に沈んでいた。ここは島でいちばん高いところで、遠く望めば湖水が見える。いや、見えるはずだというだけのことで、あいにく月も出ていない闇夜だったから、たぶんあのあたりが湖水だろうと、おぼろげに見当をつけるよりほかはなかった。そのまっくろな湖水のおもてに筋でも引くように、突然、一羽の黄金色の鳥がすうと低く、水をかすめて飛ぶのを親王は見たと思った。最初はいさり火かと思ったが、いさり火があんなに速く、あんなにまぶしく光って飛ぶわけがない。しばらくすると、また一羽、このたびは逆の方向から、同じように水をかすめて飛んでゆくのが見えた。黄金色に光りながら飛ぶので、消えたあとにも目にしるく残像がのこる。やがて鳥は三羽四羽とふえ、すぐには消えず、きらきらと舞うかのごとく、おのがじし羽ばたきながら水のおもてに嬉戯しはじめた。てっきり迦陵頻伽にちがいないと親王は思った。そして松の樹に片手をかけ、もっとよく見るために、断崖の下をのぞきこもうとした。そのとき、

「あぶないわ。みこ、みこ……」

薬子の声をうしろに聞いたように思った。あるいは薬子の声ではないような気もした。

「みこ、みこ……」

小舟の中でうたたねしている親王に、こう遠慮がちに声をかけたのは秋丸だった。

「島につきました。おめざめになってください。」

その一声で、親王は目をさました。めざめたとたん、いま見たばかりの夢の中で、竹生島にそっくりなかたちの島をどこかで見たような気がしたのは、この島のことだったのかと親王は思いあたった。ただ、七つか八つのころの自分を再現した夢に、六十歳をすぎた自分の、しかもごく最近の経験が出てこようとは、いかにもふしぎとしかいいようがなかった。それに、実際に近くに寄って眺めると、この島はとくに竹生島に似ているようには見えず、どこにも切りたつ岩の崖などはなく、全島おしなべて平坦のようであった。島の周囲は砂岩で縁どられ、舟つき場の入江に向って、大蛇の欄干のついた露台が張り出しており、ここから階段で池へ降りてゆけるようになっている。唐人は器用に櫂をあやつって、ぴたりと舟をここにつけた。

ぐらぐらする舟から岸へ飛び移ろうとするとき、唐人が鋭い声で、

「気をつけてくださいよ。池のなかには鰐《わに》がうようよしていますから。落ちたら最後、確実にいのちはないものと思ってください。」

なるほど、にごった水の下に巨大な爬虫が何匹も打ちかさなって、くろいあたまを浮きつ沈みつさせているのが見えた。思わず秋丸が小さな悲鳴をあげて、親王にすがりついた。めざめたばかりであたまが朦朧としていた親王も、これでいっぺんに気分がしゃっきりするのをおぼえた。

先端が扇のかたちをした鎌首になっていて、長い蛇身がそのまま欄干になっている大

蛇の露台を通って、三人はいよいよ島の内部に踏みこんだ。島ぜんたいが後宮の庭になっているらしく、まず目についたのは、あちこちに放し飼いになっている孔雀である。放し飼いなのか野生なのか、しかし、ほんとうのところは分らなかった。というのは、いたるところ植物がたけだけしく生い茂って、ここにも人間の手を入れた跡はまったく見られなかったからである。緑の葉がくれに後宮とおぼしき建物が見えたが、これも蔓性植物にびっしりおおわれて、ひとが住んでいるとも思われなかった。ひとが住んでいないところに、孔雀だけが放し飼いになっているはずはないではないか。しかしまた、いかに後宮の女を幽閉するための施設とはいえ、そこに管理人なり番人なり、ひとがまったく住んでいないということがありうるだろうか。

羊歯の茂みを分けて後宮の建物の前に立つと、この疑問はさらに重く親王のこころにのしかかった。極端な湿気のためか、砂岩でできているらしい建物の柱や壁面には、苔や地衣類がおびただしくはびこって厚く地肌をおおっていたし、石材の隙間に触手をのばしてもぐりこんだ榕樹の気根は、おそろしい力で建物に亀裂を入らせようとしていた。もし人間の不断の管理が支障なく行われていれば、こうまで野放図な植物の跳梁はふせげたはずであろう。人間が住んでいながら、こんな手のつけられない状態になるまで放置していたのだとすれば、それはいかなる理由によるのであろう。疑問に攻めたてられて、親王は先をゆく唐人の背中に、その疑問をぶつけてみようかとも思った。しかし唐人は、途中で無駄なおしゃべりをして手間どった時間を取りかえそうとするかのごとく、あともふり向かずに足を速めて、そそくさと後宮の階段をのぼった。

そのうしろすがたを疑わしげに見て、秋丸がこうささやいた。

「あのひとは少しあたまがおかしいのではありませんか、みこ。わたしは前から、へんだ、へんだと思っていたんです。こんな荒れはてたところに、ひとが住んでいるなんて。」

正面階段のわきの外壁の腰石には、象だの金翅鳥だの亀だのといった、さまざまな動物をあらわした精緻な浮彫がほどこされていたが、それらの多くは磨滅し風化して、あたかも何百年もむかしに栄えた文明の跡を見るかのごとくであった。日本でも唐土でもついぞ見たことのない、めずらしい洋式の浮彫を興味ぶかく横目に見ながら、親王は秋丸とともに階段をのぼって、先をゆく唐人に追いついた。唐人はすでに後宮の扉口の前に立って、せかせかと案内を乞うているところらしかった。

唐人の声に応じて、半びらきになった扉口からぬっと出てきたのは、眉毛までまっしろな一匹の大きな白猿であった。その白猿の前にうやうやしく叩頭《こうとう》して、しゃちこばって唐人のいうには、

「このたびはジャヤヴァルマン一世陛下の八十回目のおん誕生日にあたり、臣張伯容、寛仁なる王の恵みのおこぼれにあずからんものと、ここにまかり越しました。かねて聞

きおよぶ陳家蘭の香露、一掬なりとも賞味することをえますれば幸甚のいたりにございます。」

それから片手にたずさえた頭陀袋の中をさぐって、ほら貝を三個取り出し、これを白猿の手にわたすと、うしろにひかえた親王と秋丸をかえりみて、ふたりを白猿に紹介するとでもいうように、

「このもの、二名とも、わたしの身内にてございります。」

わたされたほら貝をためつすがめつ、しばらく仔細に見ていた白猿は、やがてきっと顔をあげると、唐人の顔をにらんで、

「これはだめだ。正式のものではない。受理するわけにはいかぬ。」

このときの唐人の狼狽ぶりたるや、見るもあわれなほどだった。両手をふるわせ、しどろもどろになって、

「どうしてですか。理由を説明していただきましょう。わたしはこれを三年前、式部省の長官から拝領したのです。それが……どうして……」

「よく見るがいい。この貝は三個とも右巻きではないか。」

「右巻きでは、いけませんか。」

白猿はあわれみの笑いを浮かべて、

「貴公、ものを知らぬにもほどがあるな。よく聞くがいい。ヴィシュヌ神は四臂にて、

その四つの手にそれぞれ車輪、蓮華、棍棒、ほら貝をもつ。このヴィシュヌ神のほら貝が左巻きのほら貝でなければならぬことは、子どもだって知っているぞ。これ天下の珍品にて、わずかに南天竺と師子国のあいだの海にしか産しはせぬ。さればこそ、王はこの左巻きのほら貝、ヴィシュヌ神のほら貝をば、後宮へ入場するための手形としたのではないか。そんなことも知らないで、のこのこ後宮までやってきたとは、さてさて貴公もよっぽどおめでたい御仁と見える。」

白猿に思うさまあざけられて、唐人は落胆のあまり、あたまをかかえて階段の石の上にすわりこんでしまった。

そのとき、親王にひたと目を向けて、思いがけないことをいい出したのが秋丸である。

「わたしは左巻きの貝をもっています。みこにさしあげます。」

そういって、ずるずると襟もとから引っぱり出したのは、先端に小さな貝殻のついた一種のネックレスであった。親王はおどろいて、

「これ、秋丸、めったなことをいうものではない。おまえがそんな天下の珍品をもっているはずはなかろう。」

しかし白猿は横合いからのぞきこんで、めざとく貝を識別すると、

「ふむ。これは小さいけれども、まぎれもないヴィシュヌ神のほら貝だ。どこで手に入れたかは知らぬが、手形として立派に通用するものであることは、この道三十年のわた

しが保証しよう。」

秋丸はだれにいうともなく、

「この貝殻は父の形見です。肌身はなさずもっていましたが、こんなときに役立つとは思いませんでした。」

すると、それまで階段にへたりこんでいた唐人が、急に目の色かえて立ちあがって、

「そのほら貝、わたしに譲ってくれませんか。砂金百両ではいかがでしょう、おにいさん。」

秋丸はつんとして、

「お断わりします。これはわたしがみこにさしあげるのです。譲るなんて、とんでもない。」

親王は困った顔で、秋丸と唐人とを等分に見やりつつ、

「わたしはそもそも仏道に帰依する身だし、だいぶ齢をかさねてもいるから、すでに女人は無用、その陳家蘭とやらに会ったところでどうにも仕方があるまい。ぜひにという気はもともとなく、誘われるままに、ついここまで来てしまったわけなので、秋丸の気持は嬉しいが、ほしいひとがあれば、そのほら貝は譲ってやってもいい。わたしはべつに入場しなくてもかまわない。」

秋丸はやや激したようすで、

「みこ、そんなきれい事をおっしゃってよいのですか。ほんとうは後宮をごらんになりたいくせに。わたしに遠慮する必要はありませんから、どうぞ御存分に見ていらっしゃいませ。わたしはここで待っています。」

秋丸は親王の手にほら貝をわたすと、押しやるようにして親王を扉口のほうへ行かしめた。

白猿に伴われて、建物の内部に足を踏み入れるとき、未練がましく親王が最後にうしろをふりかえると、秋丸は目にいっぱい涙をためて、扉口のところでじっと親王のほうを見つめていた。

さて後宮の内部である。屋内はがらんとして天井が高く、柱をつらねた回廊が折れ曲ってはしり、回廊に面して中庭があった。天井にも壁にも浮彫がほどこされ、かつては金泥が塗られていたらしいのに、すっかり剥げおちて醜い痕跡をさらしていた。回廊の壁ぎわには、ところどころに得体の知れぬ神像やら怪獣の像やらが置いてあって、その宝石をはめこんだ目をうつろに光らせていた。天井も壁も蜘蛛の巣だらけ、床には埃が厚くつもって、あるくたびに舞いあがるのに親王は閉口した。

屋内に入るとすぐ、白猿は紗《しゃ》でできた袋のようなかぶりものを二つもってきて、その一つを親王の手にわたすと、

「ここは蚊が多いからな。これをあたまからすっぽりかぶって蘭房へ行くのだ。」

蘭房ということばを聞くのは初めてだったが、それが陳家蘭の房室を意味するのであろうということを理解するのに親王は手間どらなかった。

紗をかぶった白猿のあとについて、折れ曲った回廊をあるきまわっているあいだも、ひとの影はさらに見えず、屋内はどこもかしこもしんとしていた。回廊は果てしなく、曲っても曲っても似たような回廊が目の前にあらわれるので、同じ場所を二度も三度も通っているのではないかという気がしたほどである。親王は不安になり、いまさらのように、こんなところへ来なければよかったという後悔の念に責められた。年甲斐もなく後宮などに好奇心をいだいて、どうやら秋丸にまで本心を見抜かれてしまったらしいことを恥ずかしく思った。秋丸は親王を大切なひとと思っていればこそ、その表面にあらわれない気持までよく読みとることができたのであろう。秋丸のおかげで、親王はいわば自分のこころの中の自覚せざる秘密に気がついたようなものであった。しかし、もういまさら後悔しても仕方がない。行くところまで行くよりほかはない。

やがて白猿の足が回廊の途中でばったりとまって、

「これから先は貴公ひとりで行くがいい。もはや案内するまでもない。この回廊の突きあたりに蘭房がある。」

ひとりになって、親王はますます不安になった。いわれた通り、長い回廊をまっすぐあるいてゆくと、そのどんづまりに広間のような八角形の部屋があって、そこで行きどまりである。もうどこへも行けない。部屋の中央に石造りの椅子がひっそりと据えつけてある。なにはともあれ、親王はこの椅子に腰をおろして、ながれる冷たい汗をぬぐった。

ふと周囲に目をやると、最初のうちは気がつかなかったが、この部屋の八角形の一辺一辺がそのまま扉になっていることに親王は気がついた。つまり、この八角形の部屋を中心にして、八つの房室が花弁のように放射状にならんでいるのだった。いや、八辺のうちの一辺は回廊に通じる出口であるから、正確にいえば房室の数は七つである。はは あ、蘭房とはこれか。こう思って見ると、部屋の床も一種のモザイクで、親王がすわっている椅子を中心として、七つの房室の扉まで放射状にタイルが敷きつめてある。あきらかに装飾的な意図をこめて、この蘭房はデザインされているものと知れた。それやこれやに気がつくと、いつか親王の不安はあとかたもなく消えていた。

この七つの房室に、陳家蘭と呼ばれる世にもめずらしい女たちが閉じこめられているのであろうか。一室にひとりずつとすれば、都合七人がげんにそこに住んでいることになるのであろうか。それにしても、こんな荒れはてた建物の内部で、女たちはどうやって生きているのであろうか。だれが食事その他の世話をしているのであろうか。唐人のはなしによると王は八十回目の誕生日を迎えたそうだが、それでもときには陳家蘭をみずから楽しむために、この島の後宮の、この七つの房室に足をはこぶことがあるのであろうか。椅子にすわったまま、しばらく親王はこんな取りとめもないことを考えるともなく考えた。そうして考えているうちに、思い切って房室の扉をあけて、まだ見たことのない陳家蘭のありのままのすがたを目撃したいという欲望が次第次第に高まってくるのをおぼえた。それは四十年このかた女を絶ってきた自分としてはふしぎな気がするくらい、せっぱつまった欲望だった。

ついに親王は意を決して椅子から立ちあがるや、まずいちばん回廊に近い、向って左側の房室の扉をあけてみた。扉は妻戸のように、手前に引く両びらきの板の扉で、思いのほか容易にあいた。

親王がそこに見たのは何だったろうか。女であることは間違いないが、造りつけの寝台の上で、こちらに顔を向けて、恥ずかしげもなく横たえた全裸のすがたをさらしているそれは、どう見ても下半身が人間とはいいがたく、茶色の羽毛の密生している鳥だった。鳥の下半身をした女だった。むろん顔は人間だが、その巴旦杏《はたんきよう》のような切長の目はじっと見ひらかれたまま、少しもまばたきしなかった。ふくらみかけた乳房はふくらみかけたきりで、そのまま成長を停止していた。髪の毛は黒く長く、鎖骨の浮き出た痩せた肩にかぶさっていた。臍《へそ》はなく、あったとしても下半身の羽毛にかくれて見えなかった。そして、親王がいくら目を皿のようにして眺めていても、女のからだは死んだようにぴくりとも動かなかった。

とても室内に踏み込む勇気はなく、親王はそのまま扉をしめると、次には隣の房室の扉をあけてみた。

部屋はまったく同じ構造で、そこにもやはり同じ種類の女が寝台に横たわっていた。おどろくべきは、その女が髪の黒さから巴旦杏のような目、乳房のかたちから鎖骨にいたるまで、前の女と寸分たがわぬ肉体的特徴を有していたことである。ただちがうのは下半身の羽毛の色だけであった。前の女が茶色だったのに対して、今度の女はうぐいすのような褐色をおびた緑色だった。

親王はよろめく足どりで扉をしめると、さらに隣りの房室をあけてみた。そこにも同じ種類の女がいた。ただし羽毛の色は灰色。また隣りの房室をあける。そこの女は浅黄色の羽毛。その次は石竹色。その次は紫紺色。その次は銀鼠色。いずれも寝台の上でそっくり同じポーズをしたまま、死んだように動かない。いや、実際に死んでいるのではないかと疑われたが、あえて親王はそれを確かめてはみなかった。出家の身でありながら、それを確かめてみるのはあまりにもみだりがわしいように思われたからである。女のからだに手さえふれることなく、親王はただ戸口からのぞいて見ただけだった。

こうして七つの房室の内部をすべて見とどけると、親王はなにか張りつめた気持がゆるんだように、一時にどっと疲れが出てくるのをおぼえて、ふたたび八角形の部屋の中央の椅子に、くずれるように腰をおろした。しばらくは親王のあたまの中に、女の顔をした色さまざまな鳥の幻影がひしめいていた。このまま椅子の上で眠りこんでしまいたいほど疲れていたが、勇を鼓して立ちあがって、親王はふたたび回廊を通って後宮の出口に向った。出口には秋丸が待っているだろう。そう思うと、親王の足どりはいくらか軽くなった。

真臘王の事蹟をしるした碑文によれば、ジャヤヴァルマン一世の統治は西暦六五七年から六八一年まで二十五年近くにおよんでいるという。そうとすれば、この王は高丘親王の天竺行よりも二百年ばかり前に生きていたということになる。唐人張伯容のいうように、たまたま親王が真臘にあったとき、この王が八十回目の誕生日を迎えたなどということはありえない。どこでどう間違ったのか、あきらかに張伯容はアナクロニズムを犯しているとしか考えられぬだろう。

獏園

　盤盤《ばんばん》という国の名が初めて出てくる文献は唐代に成立した『梁書』であろう。そこにはマライ半島にあったとおぼしい国々として、頓遜《とんそん》、毗騫《びけん》、盤盤、丹丹《たんたん》、干陁利《かんだり》、狼牙脩《ろうがしゅう》の六国があげてある。六世紀後半から七世紀前半にかけて、真臘（カンボジャ）が興って扶南（シャム）を圧迫すると、もっとも古くからインド文明の影響を受けていた扶南の文化は、その大乗仏教とともに南下して、マライ半島中部のバンドン湾にのぞむ盤盤にうつった。『梁書』に見える他の五国はすべて七世紀以降に影がうすくなるのに、この盤盤だけが唐代を通じてしぶとく生きのびるのは、おそらく同地が東部インドの大乗仏教研究の中心地たるナーランダーと、新たにスマトラ島に興った仏教王国スリウィジャヤ（室利仏誓）とをむすぶ航海上の中継地点に位置していたためであろうと推定されている。スリウィジャヤの首都はスマトラ島にはなく、この盤盤にあったのではないかという説さえあるほどで、ここには見るべき仏教遺跡も多い。伝説によれば、盤盤の太守は霊囿《れいゆう》をいとなんでいたともいう。霊囿ということばは『詩経』の「大雅」に出てくるが、周の文王が禽獣を放し飼いにしていたという一種の動物園だと思えばよいのであろう。

七世紀の終り、求法《ぐほう》のために天竺へ旅をした唐僧義浄は前後七年半ほども、スリウィジャヤを中心とする南海諸国に足をとどめていたらしいので、この盤盤にも、たぶん見学がてら立ち寄ったのではないかと想像される。そうとすれば、義浄は高丘親王に二百年ばかり先だって盤盤を訪れた、まれなる先達ということになる。しかも義浄は首尾よく入竺をはたしているのだから、親王にとっては、もって範とすべき人物ということにもなろう。そうはいっても、そのころ高丘親王が義浄の行路をくわしく知っていたとはとても考えられない。マライ半島に仏教のさかんに行われている国があるなんてことも、さらに親王は知らなかったはずであろう。

その日もまた、おそろしく暑い日であった。野生のゴムの樹や椰子やバナナのたけだけしく生い茂った、昼なお暗い密林のあいだの下道をあるいていると、天竺へ行くという当初の目的もつい忘れて、いったい何のために、こんな暑い気候の土地をうろうろしていなければならないのかと、気がへんになりそうなほどであった。実際、どっちへ向って足をすすめれば天竺へ近づくことになるのか、あるいている本人がとんとおぼえなく、ただ一同そろって、やみくもに足を動かしているよりほかはないという状態だったので、いいかげん気がおかしくなるのもむりはなかった。めいりがちな気を引きたたせるために、親王はあるきながら、道ばたにはえている草花や、その草花にとまっている虫を一同に示しては、それらがいかに日本で見慣れているそれとはちがった種類のものであるかを観察させた。本草学にくわしい円覚がすすみ出て、いちいちこれに講釈をつけた。

「これは貝母《ばいも》という植物に似ていますね。引きぬいてごらんなさい。小さな貝殻が寄りあつまったようなかたちの根をしていますから。貝母という名は、そこから来ているのです。しかし、こんなに大きな花をつけた貝母はついぞ見たことがありませぬ。」

秋丸が石の下から大きなダンゴムシを見つけると、円覚はすかさず、

「ああ、これは鼠婦《そふ》といいますね。ただし『爾雅』には鼠負とあります。穴の中にいる鼠の背中に、この虫が負われたようにへばりついているからです。いまでは鼠婦と書くようですが、これはまるで意味が通じませぬ。一説には、これを食わせると鼠がよく淫するから鼠婦というそうですが、どうもこじつけめいていますね。さわってごらんなさい。たちまち丸くなってしまいますよ。」

しばらく行くと密林が急にひらけて、いちめん青々とした草のはえた原っぱに出た。短い芝のような草で、ふりそそぐ陽を浴びてきらきら光っている。原っぱのまんなかには椰子の樹が二三本立っている。まともに頭上から陽を浴びるのだから、ここは密林の中よりもさらに堪えがたい暑さではないかと思われたが、案に相違してしのぎやすかっ

たのは、椰子の樹の葉をそよがせて、どこからともなく吹いてくる風のせいにちがいなかった。ほっとした一同、ここにしばらく腰をおろして、次にはどちらの方向へ足を向けるべきかを、じっくり検討してみることにした。

草の上に腰をおろすとひとしく、秋丸が頓狂な声をあげて、

「おや、へんなものがある。これはきのこかしら。円覚さま、教えてくださいませ。この丸いものはなんでしょうか。」

みなみな顔を寄せて、その得体の知れぬものを眺めれば、それはどうやら植物らしく、草のあいだに鞠《まり》のような大きさの丸いかたちをのぞかせていた。丸いかたちの下に根がはえているのかもしれない。色は白っぽく、うすい膜におおわれているが、膜の内部はふわふわした泡でできているようで、そこに実質があるとも思われない。円覚、しげしげと打ち眺めて、

「古くから馬勃《ばぼつ》というきのこの一種が知られていますが、それではないかな。もし馬勃ならば、たたけば頂端にある小さな穴から、けむりのような粉がもくもくと飛び散るはずです。ひとつ、わたしがやってみましょう。」

しかるに、円覚の指にふれるや、その丸いものは空気がぬけるように、みるみる小さくしぼんでしまった。べつだん粉が飛び散るわけでもない。そして風に吹かれるままに、ころころ草原の上をころがった。根がはえているわけでもないらしい。しかも、ころが

ったとたん、名状すべからざる香気があたりに立ちこめて、一同の鼻を打った。疑いもなく、この丸いものから発する香気が風にのって、空気中に拡散したものと知れた。親王、うっとり酔ったような気分になって、

「ふしぎじゃ。えもいわれぬ匂いじゃ。こんな香気を嗅いだのは初めてだが、なぜか初めてのような気がしない。骨髄にしみとおるような、なつかしい匂いじゃ。円覚、おまえの見立てはどうやらはずれたようだぞ。察するところ、これはきのこではないな。」

円覚もうなずいて、

「おおせの通り、とてもきのことは思われませぬ。いや、植物ですらないかもしれませぬ。わたしの想像いたしますのに、なにかこう、女の脂粉の香に近いような……」

安展がじろりと横目で見て、

「おぬし、そんな大きな口がきけるほど、女を知っているのか。」

これには円覚もしょげて、ことば半ばにだまってしまった。

秋丸はと見れば、風に飛ばされた丸いものを追って、両手にこれを拾いあげると、その中に自分の鼻を突っこむようにして、むさぼるように香気を嗅いでいる。みなの話す声も聞えぬらしい。安展は眉をひそめて、

「おい、秋丸、あんまり夢中になるな。香りがよいからといって油断はならない。正体不明のあやしきものじゃ。どんな毒が発散していないともかぎらぬぞ。もうやめてお

け。」

強いことばでたしなめられて、秋丸はようやく丸いものを手から捨てたが、その顔は未練がましく、目はうつろであった。

思わぬ椿事《ちんじ》に一同は毒気をぬかれたかたちで、ふたたび声もなく立ちあがると、草原をあとにして密林の中へ分け入ったが、分け入るやいなや、またしても同じ丸いものが道に落ちているのを発見して、つい足をとめた。一つならず落ちている、これはいったい何だろう。だれしも不審の念に攻めたてられたが、あえてことばを発するものはなかった。そのとき、秋丸がつと腰をかがめると、すいと手をのばしざま、その丸いものをつまみあげるが早いか、自分の鼻に押しあてた。その動作はすばやく、みなの制止するひまがないほどだった。いましがた嗅いだ匂いの快味がよほど強烈で、わすれられない余韻をのこしていたのであろう。しかし今度ばかりはちがっていた。大きく息を吸いこむと同時に、秋丸はあたまがくらくらとしたらしく、思わず手にした丸いものをほうり投げて、その場によろよろと倒れかかった。見ると、その顔はすでに血の気を失っていた。

「だからいわないことではない。ばかめ。」

安展が足の先で、地に落ちた丸いものを憎さげに蹴とばしたが、すでにそのころには、だれの鼻にも感じられるほどの異臭があたりにむっとただよって、堪えがたいほどだった。秋丸は地べたに膝をつき四つんばいになって、目に涙を浮かべつつ、しきりに嘔吐《おうと》していた。親王はその背を軽くたたいてやりながら、

「見たところは同じでも、一つは酔わせるまでの香気を発し、一つは胸がむかむかするほどの悪臭をはなつ。なにとも知れぬが、用心するに越したことはない。今後とも、迂闊に手は出さぬほうがよいぞ。なにしろ本草学者の円覚もかぶとを脱ぐほどの、正体不明の物質だからな。南の国のはてともなれば、ときにわたしたちの想像を絶するような怪異がおこったとしても、あやしむに足りない。大事にいたらなかったのが何より。秋丸の身にも、良い教訓じゃ。さあ、日がくれぬうちに、もう少し先まで足をのばそうか。」

親王が先に立って、またも一行はあるき出した。さすがに神妙な顔をしていたが、吐くものを吐いてしまうと、秋丸はけろりとして、もうさっきの苦しみはきれいさっぱり忘れたかのようだった。

やがて密林がつきると、にわかに目の前に大きな谷がひらけた。陽がかたむいて、ふかい谷底は影の中に沈み、茂った樹木のあいだから、いくつか尖塔のような建造物の立っているのが見えた。あきらかに、ここは土民の住む集落とおぼしく、そういえば焚火のけむりも何本か立ちのぼっている。安展、斜面に立って考えぶかげに谷底を見おろしていたが、ほどなく口をきって、

「いきなり踏みこんでは危険ですから、まずわたしが円覚とともに谷底へ降りて、土民どものようすを見てまいりましょう。みこ、しばらくここでお待ちくださいませ。」

そういうと、岩角から岩角をつたわりながら、ざわざわと茂みを分けて、まっすぐ谷底へ降りていった。そのふたりのすがたが見えなくなったかならないかのうちに、つい近くの岩かげから、だしぬけにひょいと首を出した一匹の動物があった。不意のことなので、親王はおどろいて、とっさに身がまえた。

すがたは猪に似ているが、猪よりもはるかに大きく、しかも肥えていて、全体にふっくらと丸味をおびている。毛色は黒と白のだんだら模様で絖地《ぬめぢ》のようにつやつやと光っている。目が豚のようにほそく、鼻のあたまに皺が寄っている。しかし何よりも奇妙なのは、そのばか長い鼻である。それはラッパのようにねじれてのび、濡れた先端がつねにひくひく動いている。とぼけた顔で親王のほうをじっと見ていたが、性格はごくおとなしいらしく、まず人間に危害を加えることはなさそうである。生きものの好きな秋丸は喜んで、手で撫でてやるつもりか、おそれげもなく、このおかしな動物のほうへ一歩踏み出した。すると動物はくるりとうしろを向いて、短い尾をぴんと持ちあげたかと思うと、尾の下の肛門を盛りあがらせて、そこから丸いものをぽたりと落した。どう見ても糞よりほかのものではありえなかった。

めんくらった秋丸を見て、親王は大笑いに笑ったものだが、ふと下に落ちている動物の排出したばかりの糞に目をやると、はっとして、思わず秋丸と顔を見合わせた。それはさっき一同がきのこと間違えた、あの正体不明の丸いものとまったく同じ種類の物質にほかならなかったからである。てっきり植物かと思ったのに、さては動物の糞であったか。意外な発見に、親王はこころがはやるのをおぼえた。安展と円覚に教えてやったら、ふたりともどんなに目をまるくしておどろくことか。秋丸も同じ思いでいるらしく、そのほやほやの白っぽい物質に、あからさまな好奇のまなざしをそそいでいた。

そのとき、親王と秋丸のうしろで、

「めりは、ほれ、ほれ、ふう……」

異様な鴃舌《げきぜつ》が聞えるのに、ぎょっとしてふりかえると、いつのまに近づいたのか、数人の土民が岩かげに立ちならんで、さぐるような目つきでふたりのほうを眺めていた。いずれもあたまに色のついた鳥の羽根を飾り、鼻の穴に金色の輪をぶらさげて、腰蓑をつけただけの半裸体の男である。どうやら逃げた動物をさがしに来たところらしく、ひとりが前にすすみ出て、

「ほう、ほう、ほう、ほう……」

奇声を発して動物を呼ぶと、呼ばれた動物は飼い慣らされていると見えて、のろのろした足どりで男のほうへ寄っていった。そのずんぐりした動物の首に、男は手ぎわよく鎖を巻きつけた。

親王と秋丸が茫然として見ていると、すすみ出た男がうしろの仲間たちに、なにか手まねで合図をした。とたんに、ばらばらと寄ってきた男たちのために、親王も秋丸も手あらく前へ突きとばされ、倒れたところを寄ってたかって、きりきりとうしろ手にしばりあげられてしまった。ほんの一瞬のことであった。

土民どもは喚声をあげると、首に鎖をつけた動物をひっぱり、親王と秋丸の背中を棒の先で突きたてながら、そろって灌木のはえた斜面を降りはじめた。両手の自由がきかないので、縄をうたれたふたりはつまずいたりよろけたりしながら、泥まみれになって斜面をあるかざるをえなかった。やぶに棲む虻《あぶ》のような虫がぶんぶん羽音をたてて顔にたかるが、これを追いはらうこともできない。

まもなく谷底に降りると、蔓草がこんもりと水のおもてに垂れている浅瀬をわたって、さらに川沿いに平地の奥へすすんだ。ふと椰子の樹が並木のように道の両側につづいている。その道をややすすむと、そこに床を高く組んだ藁屋根の小屋があり、小屋のかたわらに、赤土をふかく掘った大きな穴があった。ここで、土民どもはふたりの縄をとくと、ぐいと背中を押して、この穴の中へいきなりふたりを突きおとした。それは一種の牢と知れた。ばかにしたような笑い声をのこして、土民どもは引きあげていった。

親王、ほっと溜息をついて、

「安展と円覚のいないときに襲われたのが、かえすがえすも不運だったな。もしかしたら、わたしたちの行動は逐一やつらに見張られていたのかもしれぬ。おそろしい国へ来てしまったものじゃ。」

秋丸もしょんぼりして、

「あんなけものに手を出したのがいけなかったのでした。どうしてわたしはいつも余計なことをして、みなさまに迷惑をかけてしまうのでしょう。」

「いや、かならずしもおまえだけが悪いわけではない。さっきのことだが、おまえがけものに手を出すと、けものはくるりと尻を向けて糞をした。それを見て、わたしはつい大声で笑ってしまった。その笑い声を土民どもに聞かれてしまったのかもしれない。千慮の一失だったな。」

あくる朝、バナナの一房がどさりと穴の中へほうりこまれたので、腹をすかしていたふたりが夢中で食っていると、穴の外で、がやがやと大ぜいのひとのあつまってくるけはいがした。やがて頭上にすがたをあらわしたのは、いかにもこの国の貴人とおぼしい堂々たる人物だった。鬚《ひげ》をはやして、肩からゆったりと白布をからだに巻きつけて、腰には剣を吊っている。それが穴のふちに仁王立ちになって、にこやかに笑いながら、なめらかな唐音で、やおら親王にことばをかけた。

「これは盤盤国の太守じゃ。なんじは不法にこの国に足を踏み入れた。どこへ行くつもりだったのか、ありのままに申し述べよ。」

正確無比な唐音だったので、その意味は完全に親王につたわった。穴の底から太守の顔をふり仰いで、親王も負けずに正確な唐音をあやつった。

「この国を通るのに、踏まねばならぬ手つづきがあろうとは少しも知らなかった。ただ天竺へ達することのみをわたしは念願していたにすぎない。」

「天竺へ達するとな。ふむ。しからば問うが、なにしに天竺へ行くのじゃ。」

ここで親王がぐっと返答につまったのは、自分でも思いがけないことだった。目的はただ一つ、仏法を求めるためにきまっているではないか。そのためにこそ、二十歳そこそこで落飾してから四十有余年、ひたすらあこがれつづけてきた天竺へ、いのちにかけてまで渡航しようと思いつめたのではなかったか。しかし、このあまりにも自明な大前提を口にするのが、親王には何となく恥ずかしいような気がしてならなかった。それに、はたして自分は本当に求法のために渡天をくわだてたのだろうかと、いくらか疑いたくなるような気持もないわけではなかった。そんな大それた気持はもともと自分にはなくて、ただ子どものころから養い育ててきた、未知の国への好奇心のためだけに、渡天をくわだてたのだと考えたほうが分相応のような気がしないでもなかった。そんなこんなで、親王の返答はわれにもなく歯切れのわるいものとなった。すなわち、求法のためといえば一言ですむものを、親王は次のように同語反覆的に語った。

「天竺は日本に生れたわたしの眷恋の地であった。わたしが若年より仏道に帰依したのも、そのためだったといってよい。求法のために渡天するというよりも、求法と渡天とはわたしにとって同義なのである。それがわたしの渡天の理由である。」

　これを聞くと、太守はからからと笑って、

「いぶせき東海の島国の仏徒が、口がしこくいうものよ。わざわざ天竺なんぞへ足をはこばずとも、この盤盤国に今日ただいま、教化の光はみちみち、仏法は華と咲きにおっていることをさとったがよいぞ。見たければ、その証拠はいくらでも見せてやろう。げんに、長安からここへ留学しにくる唐僧だって多くいるくらいじゃ。」

　自慢そうにいってから、太守、急に調子を変えて、

「ときに、おまえはよく夢を見るほうかな。」

　なんのことか分らなかったが、幼時から夢を見ることにかけては堪能だという自信があったから、親王は躊躇することなく、

「夢はよく見るほうです。」

　すると太守はぱっと顔をかがやかせて、

「ほう。それはいい。どのくらいよく見る。」

「ほとんど見ない夜はないといってもいいくらいです。」

「ふむ。それはますますいい。ところで、夢にもよい夢とわるい夢とがあるが、おまえはどちらを多く見るかな。」

「わるい夢はとんと見たことがありませぬ。わたしが見る夢といえば、まずよい夢ばかりです。」

このことばを聞くと、太守はいまにも涙をこぼさんばかりに感動して、

「おお、おお、それは奇特なことじゃ。ありがたいことじゃ。これまで辛抱づよく待っていた甲斐があったというものじゃ。この国は南国で陽ざしがつよいため、夜まで日光の残滓がひとびとのあたまを攪乱するのか、夢を見ることに妙をえた人間が極端に少ないのじゃ。おまえのような人間は万人にひとりもいないのじゃ。一生に一度しか夢を見ず、夢というものの効能も知らずに死んでゆく人間が、この国にはざらにいるのじゃ。おまえは天竺へ達することを一生の念願としているそうだが、そんなに夢を見ることに堪能ならば、どうしてまた天竺なんぞへ足をはこぶ必要があろう。天竺は夜ごとの夢で見ていれば十分ではないか。まあ、それはともかくとして、おまえにはさっそく貘園《ばくえん》へ行ってもらうことにしよう。おまえのおかげで、貘園は昔日の繁栄を取りもどすかもしれぬ。」

「はて、貘園とは。」

親王が聞きとがめたのに、それには答えず、太守は一方的にはなしをすすめて、

「そう、貘園じゃ。おまえはこの国の貘園で手あつく衣食を供せられるだろうから、せいぜい安んじているがよいぞ。」

それから秋丸のすがたに気がついて、

「そこの子どもは。おまえの侍童か。」

親王が肯定のしぐさを示すと、

「それでは、その子どももいっしょに獏園へつれて行くがよい。同じ部屋に住むがよかろう。」

太守はしごく満悦のていで、口もとをゆるめっぱなしにして、穴のふちから去っていった。

その翌日、象に曳かれた車がやってきて、親王と秋丸は二日ぶりに穴から引き出されると、その車にのせられて、ただちに獏園へつれて行かれた。象を初めて見たふたりは、ついこのあいだ見た動物よりもさらに鼻の長い動物がいることを知って、つくづくあきれた。

さて、ふたりのつれて行かれた獏園とはなにか。それは盤盤の太守が何代にもわたっていとなんでいる、かの伝説に名高い霊囿の一部であるらしかった。すなわち動物園。密林を切りひらいて人工的な庭園となした、広大な地域にところどころ柵をめぐらして、かなたには虎、こなたには熊といった具合に、あまたの動物を隔離収容している。犀のようなめずらしい動物のいる柵もある。めずらしい鳥をあつめた禽舎もあり、マライ半島特産の白孔雀や砂糖鳥をはじめとして、赤や緑や紫紺のあざやかな羽色をした鸚鵡のたぐいが羽ばたいている。かつて唐僧義浄も盤盤にあそんだとき、おそらくはこの霊囿を訪れたにちがいない。それほど古くから南海諸国に名を高からしめていたので、太守はこれを父祖より相伝して維持することに、この上ない誇りをいだいていたものであった。

この霊囿の中でも、貘園はもっとも奥まった枢要な一廓にあった。いまさら説明するまでもあるまいが、ここに飼われている動物はマライ半島に産する貘であり、親王と秋丸が二日前にたまたま目撃したのも同じ動物である。古書によれば象の鼻、犀の目、牛の尾、虎の足をそなえ、よく銅鉄や竹を食うというが、少なくとも親王と秋丸が目にしたかぎりでは、それほど化けものじみたところは見あたらず、かなり不恰好であるとはいえ、むしろ正常な哺乳類の一族であるように見えたものであった。しかし貘は見かけによらず気むずかしく贅沢好きな動物であるらしく、柵の中の貘舎は煉瓦造りでひときわ豪奢をきわめ、貘舎の隣りには専属の番人の小屋があって、つねに神経質な動物の要求を怠りなくあれこれと満たしてやらねばならないようであった。

親王と秋丸が貘園に着いたとき、ちょうど午後の運動の時間であったらしく、収容されている三匹の貘は打ちつれて芝生の園内をあるきまわっていた。その中の一匹は、どうやら先ごろ逃げ出して、谷の斜面で親王と秋丸をおどろかした一匹のようであった。芝生の上には、これまでに何度も見た、あの丸い糞がいくつも落ちていた。その糞を指さして、秋丸が親王に笑いかけると、そこへ柵のくぐり戸をあけて番人がひょっこり出てきて、こういった。

「あれは獏の食った夢のかすだよ。」

「え。夢のかす。」

「そう。獏は人間の見る夢を食う。それ以外のものは一切食わない。だから獏の飼育は非常な困難を伴うのだ。」

そういいながら、番人は箒《ほうき》と塵取りのようなものを持ち出してきて、動物の排泄《はいせつ》物をせっせと片づけはじめた。この男も盤盤国の官人らしく、太守に劣らずすらすらと淀みなく唐音をしゃべる。やがて掃きあつめた糞にちょっと鼻を近づけてみて、番人は顔をしかめると、

「きょうの糞もだいぶくさいな。このごろでは、かわいそうに、わるい夢ばかり食わされているものと見える。よい夢を食った夜のあくる朝なんぞは、こちらが陶然とするほどの馥郁《ふくいく》たる糞をひってくれるのに、わるい夢となると、こうもちがうものか。こう毎日くさい糞をひっているようでは、いかな夢好きの獏とはいえ、ずいぶん生きているのがつらかろうて。」

番人のひとりごとを聞くともなしに聞いているうちに、親王は獏というけものに対する好奇心がむらむらと湧きおこってきて、つい次のように質問せずにはいられなかった。

「そんなに飼育が困難だというのに、この国では、どうして獏なんぞを何匹も飼っているのかね。」

するとと番人はにがにがしげに、

「一つには、この国の伝統ということがある。そもそも獏園ができたのは、いまの太守より六代も前の太守の時代だったが、そのころは盤盤国も版図がひろく、国威も隆盛をきわめていて、飼われている獏を養ってゆくだけの夢を供給するのも易々たるものだった。夢をよく見る北方の羅羅人《ローロー》がぞくぞく盤盤国へながれこんできて、もっぱら獏園の獏に夢を供給するための任にあたっていた。その後、真臘国が興って盤盤の北方を扼《やく》すると、ぱったり羅羅人の足がとまってしまった。それとともに獏園を維持してゆくのも困難になった。というのは、この国の人間は幼時から太陽にあたまをじりじり灼かれているためか、ほとんど夢というものを見る能力に欠けているからだ。最盛期には二十匹も飼われていた獏が、いまでは三匹しかいない。獏園ではろくに夢を食わせてもらえないので、腹をすかせたあげく、柵をやぶって逃亡するような獏まで出てくる始末だ。つい最近も、この三匹のうちの一匹が逃亡したばかりだよ。」

「それなら、いっそ獏園そのものを閉鎖してしまえばよいではないか。」

親王が口をはさむと、番人はつよく首をふって、

「いや、そういうわけにはいかない。そこが国家の伝統というもので、盤盤国の威信に

かけても、父祖伝来の栄光ある獏園は守ってゆこうというのが現在の国家の方針だ。いまの太守の意見も、その点では変らない。ただし、太守には太守の個人的な意向もあるようだがな。」

「その個人的な意向とは。」

「うむ。これは太守の家庭の秘密に属することなので、あまり大きな声ではいえないのだが、おまえが相手なら打ちあけてもかまわないだろう。もうずいぶん前から、太守のひとり娘パタリヤ・パタタ姫が原因不明の憂鬱症で、寝たり起きたりの状態をつづけているのをいたく心配して、太守はさるバラモンに意見を徴したところ、そういう病気には獏の肉を食わせればよいという回答をえたそうだ。なぜかというに、獏の肉はことごとく夢のエッセンスで構成されているから、体内の邪気をはらうという効能がある。とりわけ獏がよい夢ばかり食っている場合には、その効能はひときわいちじるしく、てきめんに病気を治す。まあ、ざっと以上のごときバラモンの意見をえたわけなので、太守にとって獏園はますます大事なものとなり、獏はどうしても生かしておかねばならないものとなった。太守の娘はやがて室利仏誓国の王子のもとへ嫁入りすることになっているので、それまでにどうしても病気を治しておきたいというのが太守の意向のようだ。」

「しかし、獏が悪臭ふんぷんたる糞ばかりしているようでは、その肉をいくら食わせても、太守の娘の病気ははかばかしくならぬだろう。」

「その通り。よい夢を見る人間がぜひとも必要になってくる。そこで、おまえさんに白羽の矢が立ったのではないか。」

「うーむ。そういうわけだったのか。」

さすがに親王、これには二の句が継げずに、うなってしまった。


煉瓦造りの獏舎は内部がだだっぴろく、はいってみると、一つの建物の中にもう一つ別の建物があるという感じであった。その入れ子になった内側の建物こそ、獏に夢を供給するひとが眠るための寝室である。まんなかに石造りの寝台があって、寝台の上には奇妙な陶製の枕が一つ置いてあり、そのほかには何の家具も調度もない。がらんとした方二間の寝室には、四面の壁に小さな窓があいていて、窓から外をのぞけば獏がうろうろしているのが見える。もちろん小さな窓だから、そこから獏が寝室へもぐりこんでくるなんてことはありえない。この獏があるきまわっている空間は、いわば外側の建物の内部であって、まんなかの寝室をぐるりと取りかこむようになっている。獏は長い鼻をぶうぶう鳴らしながら、夢をもとめて一晩じゅう、この獏舎の内部の回廊のような空間をうろうろするのだった。

眠っている人間に接触しなくても、獏は距離を置いて自由に夢を吸引することができるらしく、それには小さな窓から鼻の先をのぞかせるだけで十分であった。初めて貘舎の中の寝室にひとりで眠った夜、親王は気味がわるくて仕方がなかったが、べつだん貘の舌に顔をなめられたりすることもなく、あくる朝、無事に目ざめることができてほっとした。ただ、どう考えても夢を見たという記憶がなく、あたまの中ががらっぽのような気がしたので、番人に会うなり、

「ゆうべは残念ながら夢を見なかった。こんなことは六十有余年の生涯で初めてといってもよいほど、めったにないことだ。さぞかし貘も不満だったろう。気の毒なことをしてしまったな。」

すると番人は笑って、

「そんなことはないさ。ちゃんとおまえさんは夢を見ているよ。貘は三匹とも、朝になって、よい香りのする糞をひったものだ。おまえさんは自分の夢をきれいに食われてしまったので、それをおぼえていないだけのことさ。だから、気にすることは少しもない。」

そうだったか、なるほどと納得はしたものの、この番人のことばに、親王は一抹のさびしさを感じないわけにはいかなかった。子どものころから夢を見るのが得意だったし、楽しい夢ばかり見てきたとつねづね自負している自分である。楽しい夢は思い出してこそ、ますます楽しくなる。夢とは思い出そのものだといってもよいくらいなので、その

思い出すという機能を失うならば、夢は死んだも同然ではあるまいか。獏にすっかり夢を食いつくされて、いつも空白のあたまで目ざめなければならないとすれば、なんという味気ない目ざめであろうか。これではとても夢を見たとはいえず、これから先、こんな見れども見ざるがごとき夢の夜をすごしてゆかねばならないとすれば、索莫としていてやりきれないではないか。

石の寝台に横たわり、陶製の枕にあたまをのせて、いく夜かを獏舎ですごすうちに、次第に親王はこころが鬱屈してくるのをおぼえた。昼間、秋丸と顔を合わせても、これまでのように冗談をいったり、あかるい笑い声をたてたりすることがめっきり少なくなった。秋丸はおろおろして、ふさぎこんだ親王の顔を気づかわしげにうかがうようになった。夢を見てもさっぱり記憶にとどめず、見るそばからたちまち忘れてしまうということが、これほどの憂悶《ゆうもん》をひとのこころにもたらすものだろうかと、親王自身もみずから歯がゆく思うほどだった。

少なくとも記憶にのこるような夢を見なくなったかわりに、親王は眠りのさなかに、ふしぎな幻影を見るようになった。これを夢といってよいかどうかは疑問であり、むしろ夢の残骸とでも呼んだほうがふさわしかろうが、まっくろなあたまの中のスクリーンに白い影があらわれる。いや、白い影がうつるといったほうがよいだろう。どうやら白黒のだんだら模様で、その影のぬしは獏のように思われる。夢を食いつくした獏が、さらに夢を求めて親王のあたまの中にまでもぐりこんできたように思われる。なんだか自分の脳みそを貘に食われているような気がして、わっと叫んで目をさましたこともあった。ついに自分の夢が枯渇して、貘どもが脳みそまで食い出したのかと思うと、おそろしくてたまらない思いがした。

こうして十数日がすぎて、身もこころもじわじわと衰弱してゆくのを意識するようになったころ、親王はめずらしく夢を見た。貘園にきてからはふっつりと夢らしい夢を見なくなっていたのだから、じつに十数日ぶりのことである。ただし、それはかつてのような楽しい夢ではなくて、親王にとっては初めてといってもよいほどの、胸苦しいまでの悪夢であった。

それは以下のごときものである。

たぶん奈良の仙洞御所、すなわち萱《かや》の御所と呼ばれた父平城上皇の屋敷だろうと思われるが、そこの寝殿とおぼしい広間に、父が病気らしく衾《ふすま》をかけて横になっている。そのかたわらでは、薬子が床の上に大小の皿や鉢をならべて、仔細らしく石臼で生薬をすりつぶしている。生薬は訶梨勒《かりろく》の皮、檳榔《びんろう》の仁《にん》、大黄、桂心、付子などといったものであろう。しばらくは石臼をまわすにぶい音だけがあたりに物憂げにひびいている。親王はそのとき十歳くらいの子どもで、見てはいけないものを見るように、廂《ひさし》のほうから母屋の奥をのぞいているのだった。

突然、父が悪夢におびえたように、半身起きなおって、うわごとのようなことばを口ばしる。

「いま先君の夢を見たぞ。早良《さわら》のみこの霊がな、柏原のお墓にまいって罪を詫びたそうじゃ。それでも、おのれの血筋の絶えたことは恨めしいらしく、しきりに訴えなげいていたというぞ。」

薬子が石臼をまわす手をやすめずに、だだっ子をあやすように、

「たわいもないことを。お気がたかぶっていらっしゃるから、そんな不吉な夢をごらんになるのでございます。みこころのあまりの素直さに、ここぞとばかり悪霊が寄りつくのでございます。さ、わたしがお薬を調じてさしあげますから、それをおのみになって、少しはお気をしずめなされませ。」

薬子の手で調ぜられた散薬と、酒をみたした盃を前にして、しばらく父は気落ちしたようにぼんやりしていたが、やがて薬子にうながされて、ふるえる手で酒とともに散薬をのんだ。すると、薬子がつと立ちあがって、扇をとって舞いはじめた。

三輪の殿の
神の戸を
おしひらかすもよ

いく久《ひさ》いく久

大袖をひるがえして、ほそい声で歌いつつ、しかつめらしい身ぶりで舞う。こういう薬子を、親王はついぞ見たことがなかった。親王が知っている薬子といえば、もっとあけすけな、もっと率直な、いつも親王が同年輩の友だちあつかいにしているような、分けへだてのない女だった。それがいまでは、なにか子どもの理解を絶したような、陰険な笑みさえ浮かべているように見える。急にこころぼそくなって、親王は几帳のかげから、声をころして、

「おとうさま、おとうさま。」

しかし声はとどかず、薬子は何事もないように舞いつづけ、父はうつけたようにそれを見ているばかりである。「いく久いく久」とはやす薬子の声が、あかるい声であるべきなのに、むしろ重くこころの底に沈んだ。

ひとしきり舞うと、薬子はまた父の前にすわって、あらためて散薬と酒をすすめた。父があまりのみたがらないのに、なだめすかして、むりにも服させようとしているかに見えないこともなかった。再三すすめても父が盃を手にしないので、ふといらだたしげに薬子はうしろをふり向いた。そのとき、うす暗い廂のほうから薬子のすがたを見ている親王の目と薬子の目とが、はしなくもぶつかった。気のせいかもしれなかったが、薬

子の目が残忍の光をたたえているのを親王は見たと思った。ぞっとして、思わず火がつくばかりに叫んでいた。

「いやだ、いやだ、おとうさまをころしては……」

このときの薬子の返事たるや、いま思い出しても親王のこころを凍りつかせるほどの、無慈悲なものであった。底意があって、わざと親王のことばを聞きちがえたものとしか思われなかった。

「え、なんですって、おとうさまをころしてくれですって。まあ、なんということをおっしゃるのですか、みこは。」

夢はここまでで、ぷつりと途切れたが、冷たい汗にまみれて目をさましたあとまでも、薬子の声は耳の中に鳴りひびいていたし、その陰険な笑いを浮かべたくちびるは目の前に消えようもなくちらちらしていた。

番人が寝室の戸をたたいて、かねての予定通り、きょうは午後から太守の娘パタリヤ・パタタ姫が貘園を見にくるから、つつがなく迎える用意をしておくようにと告げたのは、それから二三日してのことである。

すでに貘園では、しばらく前まで三匹だった動物が一匹にへっていた。疑いもなく、太守の娘の病気を治すために、その肉が調理されて食われてしまった結果であろうと推測された。最後の一匹を食ってしまったら、そのあとはどうするのか。そんなことはもとより親王の知ったことではなかったが、番人の説明によれば、貘園に新たな動物を補充すべく、いま盤盤の官民は国をあげて、近隣の山野に貘を狩ることに大わらわになっているというはなしであった。

侍女たちに取りかこまれ、美しい衣裳に身をつつんで、貘園にあらわれた太守の娘を初めて見たとき、親王はわれとわが目を疑った。まだ十五歳になるやならずの少女ながら、そのおもだちが薬子にそっくりだったからである。しかも、つい先夜の夢の中で見た、それまで思いもよらなかった薬子の残忍のいろが、いっそう強調され拡大されたかたちで、この少女の中にまざまざと再現されているかのように見えた。残忍のいろ。といっても、むろん、それがつねに少女の面上にあらわに出ていたわけではない。陽がかげったり照ったりするように、あでやかな顔の下から、一瞬ふっと、それがあらわれては消える。貘が背すじをうねらせると、その毛並みがビロードのように光ったり曇ったりするが、あたかもそれを思わせるようなところがあった。

憂鬱症と聞いていたが、すでに貘の肉のおかげで快癒したのか、それらしいところはみじんもなかった。

少女は自分で柵のくぐり戸をあけると、物慣れたようすで、貘園の中へずかずかとはいって行った。とても初めてのこととは思われない。たまたま運動の時間で、芝生の上をたった一匹で漫歩していた貘は、少女のすがたを認めるや、嬉しげに跳びはねるようにして、そのそばへ駆け寄った。これも初対面とは思われぬほど、よく少女になついている。雄の貘は少女の手で毛並みを撫でられているうち、次第に発情の徴候をあらわして、後脚で立ちあがったり地べたをころげまわったりしはじめたが、ついには鼻を鳴らしつつ、少女のまわりをぐるぐるまわり出すまでになった。少女が侍女たちをかえりみて、

「貘は嫉妬ぶかいけものですからね。嚙みつかれたくなかったら、わたしといっしょにはいって来てはだめよ。いいですか。」

いわれるまでもなく、侍女たちは外から柵にしがみつくようにして、目をきらきらさせながら、女主人と動物との一挙一動を食い入るように見つめていた。

親王はどこで、この光景を眺めていたのだろうか。侍女たちといっしょに、柵の外から眺めていたのか。それとも番人といっしょに、煉瓦造りの貘舎の入口からのぞいていたのか。それが一向にはっきりしなかった。もしかしたら夢のつづきではないかと思われたほど、この光景の中に位置を占める自分のすがたはぼんやりしていて、明確さを欠いていた。ただ、薬子の生れかわりかとも思われる少女のイメージが異様な鮮明さで、ともすれば視野の中心に大きく立ちふさがるのを意識するのみであった。

親王の先入見では、貘の肉を食った少女といえば、あぶらぎって、ふとって、あからさまに醜いイメージでしかなかった。しかるに、この日、げんに自分のまなこに刻みつけられた少女のイメージには、その先入見を裏切ってあまりあるものがあった。ほとんど魅惑されるように、親王はただ目だけの存在となって、貘園の中で貘とたわむれる少女のほうへ引き寄せられていたといってもよかった。

まわりじゅうから侍女たちの好奇の視線を浴びて、柵の中の貘はいよいよ興奮の極に達したらしく、ふくらんだ白い腹を見せて芝生の上にごろりと身を投げ出すと、四本の脚をちぢめ、目をつぶって、みずからすすんで少女の愛撫をもとめんとした。見れば、その男性の象徴はすでに途方もない長さにのびて、便々たる腹をしきりに打っている。少女は地べたに膝をつくと、おどけたように笑いながら、その膨満したものをそっと手に握って、やさしく自分の頰へ押しあてたり、たっぷりした自分の髪の毛の中につつみこむようにしたりした。あきらかに侍女たちの視線を意識して、さまざまな愛撫のしぐさを演じているものと知れた。また貘のほうでも、見られていることが一段と興奮を高めているようだった。やがてけものの歓喜の声がひときわ高くなったのに気がつくと、少女はすかさず手に握っていたものをみずからの口にふくんだ。そのとき、目は相変らず笑っていたが、あの残忍のいろがくちびるのあたりにふたたび薄ら日のように、ちらとただようのを親王は見たと思った。

おかしなことに、この光景をたえず熱いまなざしで追いながら、親王は自分がてっきり獏になったような気がしていた。獏になって、少女の愛撫を受けているのは自分だというような気がしていた。そういえば、まだ七つか八つの幼児のころ、親王は薬子のいたずらっぽい手で、おのれの股間の小さな玉をもてあそばれて、初めて肉体の恍惚感というものを知らされたので、それがダブルイメージとなって、げんに見ている少女と獏の光景の上に重なって見えるのかもしれなかった。事実、少女は薬子にどことなく似ていたからである。あるいはまた、獏がもっぱら自分の夜ごとの夢を食って生きているのを知っていたから、つい自分と獏とを同一化していたのかもしれなかった。考えてみると、自分の夢を獏が食い、その獏の肉を少女が食っていたのだから、獏を媒介として少女と自分とは直接につながっており、少女は自分の夢によって生きているのだといえばいえないこともないような気がした。自分が夢を見なければ、この少女の存在もありえないのではないかという気さえした。

少女が頰をすぼめたりふくらませたりして、けものの器官をなめらかに口の中でころがすたびに、獏はその長い鼻から笛のような音をもらして、絶頂が近づいたことを知らせるのだった。絶頂はあっけなかった。いつ果てるともしれぬ準備段階にくらべれば、あまりにもあっけなかった。二度三度、からだに痙攣《けいれん》の波をはしらせたかと思うと、獏はただちにぐったりとのびてしまった。自分でも心外だったようで、事後は照れくささそうに、きょとんとした顔を侍女たちのほうへ向けているばかりだった。

しかし、その光景を親王はもうすでに見てはいなかった。けものが精をはなつと同時に、目の前に見ているイメージはすべて一瞬にして消えうせて、親王はただまっくらな、夢ともうつつとも分らぬ世界にころがり落ちていた。

「みこ、おめざめになってください。安展さまと円覚さまが吉報をもっておもどりになりました。首尾は上乗、谷の向うに見える盤盤国では、みこをお迎えする用意をしているとのことでございます。」

耳もとで聞えた秋丸のことばに、親王は初めて目をあけて、かすかに笑いながら、

「盤盤国か。それなら、いまわたしはそこへ行ってきたところだよ。」

蜜人

盤盤国の太守は熱心な仏教信者であったから、親王の渡天のこころざしの不退転なることを聞き知ると、いたく感動して、一行のためにわざわざ船を用意してくれた。轆轤《ろくろ》で帆がうごくアラビア式の船である。二世紀中葉のプトレマイオスの『地理学入門』にも名前の出てくる、マライ半島西岸の投拘利《タコラ》という古い港から、親王の一行は太守の家臣たちに見送られつつベンガル湾方面をめざして出発した。もし順風にめぐまれれば、それほど時日を要せずしてベンガル湾のガンジス河口付近に達することをうるだろう。このあたりには、やはりプトレマイオスの世界図に出てくる多摩梨帝《タマリティ》という古い港がある。五世紀初頭の法顕《ほっけん》も入竺旅行の帰途、この港から商人の船に乗っている。七世紀末葉の義浄もスマトラから船でベンガル湾を乗りきって、うまく多摩梨帝の近くにたどりついている。どうして親王の船だけがそこへ行けないわけがあろうか。

しかし、そうは計画通りにうまくいかないのが船旅のつねで、親王の船は多摩梨帝どころか、とんでもないところへながされてしまった。すなわち出港してから数日後、アンダマンの島かげを左に見てすすむうち、折からのはげしい偏西風に押しまくられ、あれあれと見るまに船は飛ぶように陸地に吹き寄せられて、そのまま樹木におおわれた、いずことも知れぬ蛮地の海岸にたたきつけられるように坐礁してしまった。すでに檣《ほばしら》も舵《かじ》もなく、いたるところから浸水している船は沈没寸前のていたらくで、海岸に坐礁したのがせめてもの幸いだった。

「またもや、おかしな土地についてしまったぞ。どうしてこう、こちらの計画通りにいかないのだろう。これでは永遠に天竺には到達できずに、うろうろと南海をさまよっていなければならないことになるかもしれぬ。やれやれ、まいったな。」

そうはいうものの、もう親王は慣れっこになってしまったのか、あまり弱ったような顔も見せず、むしろおかしそうに笑っていた。

「それにしても、ここはどこだろうな。あんなに樹が茂っているところを見ると、よほど雨の多い土地らしいが。」

円覚はあたりを見まわして、

「わたしの想像いたしますのに、ここはおそらく驃《ピュー》（ビルマ）の一地方ではないかと思います。もっとも、驃国は近ごろ北方の南詔国にほろぼされて、新たに土地の蛮族が蒲《パ》甘《ガン》という国を建てたとつたえ聞いておりますから、あるいは驃と呼ぶのは適当でないかもしれませぬ。」

一同、おっかなびっくり密林の中へ足を踏み入れるや、たちまち眼界が透きとおった青一色になって、そこに無数の竹の天に向って伸びているのを見たときには、思わずあっと息をのんだ。ふしぎな光景であった。いかなる種類の竹か、幹は太く直径三十センチもあって、つやつやと青く光りながら、たくましく垂直に伸びている。それがむらりあつまって、見わたすかぎり竹また竹の林である。日本の嵯峨野あたりの竹林がやすっぽいミニアチュールに見えかねないほど、それは途方もなく大きくひろがる竹の林であった。親王、感に堪えて、

「みごとな竹林もあればあるものだな。いかに南国とはいえ、こんなに太い竹があろうとは思いもよらなかった。円覚、おまえもこれには驚いたろう。」

円覚も目をぱちくりさせて、

「たしかに、みこのおっしゃる通りです。ただ『華陽国志』の南中志によりますと、雲南に濮竹《ぼくちく》という種類の大竹があって、その節と節とのあいだは一丈もあるそうですから、かならずしも大竹の例がないわけではありますまい。この地の竹もこんなに太く育っているところを見ると、ここは意外に雲南に近いのかもしれませせぬな。」

親王と円覚の会話を聞くともなしに聞きながら、安展は秋丸に手つだわせて、黙々と竹の子を掘っていた。それまで気がつかなかったが、よく見ると、竹林の中には小さな竹の子がいくつとなく土を押しあげて、あたまをのぞかせているのだった。しばらく海

上で新鮮な青物に飢えていたところだったので、みなみな、ぐっと生唾をのみこんで、その泥の中から掘り出されつつある竹の子に熱い視線をそそいだ。さあ、はたして食えるかどうか。少なくとも皮をはいだ中身の、やわらかく白っぽい部分は食えそうに見えないこともなかった。

そのとき、竹の子掘りに気をとられている四人の背後で、ちりちりと鈴の音がしたかと思うと、突然、ひとりの異様なすがたをした男がそこにあらわれた。全身すはだかで、からだは人間とかわらず、人間のように二本足で立っているのに、あたまだけは毛むくじゃらの犬である。二つの耳がぴんと立って、ぴくぴくうごいている。鼻づらには長いひげもある。そもそもこれが人間だろうか。四人があきれて見ていると、思いがけなく男のほうから声をかけてきて、

「竹の若芽なんぞを掘って、どうするつもりだね。」

おどろいたことに、この犬頭人のあやつることばは立派な唐音であった。安展がぶっきらぼうに、

「竹の子を掘るのは食うためにきまっているさ。孟宗の老母でなくても、竹の子ぐらいは食ってもよかろう。」

すると男はさもおかしそうに噴き出して、

「竹林に棲む熊猫ならばいざ知らず、人間が好んで竹を食うとは。いやはやどうも。」

からだをゆすって笑うと、また鈴がちりちりと鳴った。どこかに鈴をつけているらしい。あらためて男の毛ぶかい下半身に目をやると、どうやら股間の毛に半ばかくれた男根に鈴がついているようである。それが笑うたびに、ゆれて音を発するのだった。

いつまでも笑っている男を見ると、気の短い安展はだんだん腹が立ってきたらしく、男の前に一歩すすみ出て、きめつけるように、

「ばか笑いもいいかげんにしろ。それより、おれがおまえにききたいのは、この土地はなんという土地かということだ。」

男はきょとんとして、

「この土地。」

「うむ。ここはどこの国に属するのか。まさか犬の国ではあるまい。さあ、返事はなんとじゃ。」

男はまじめな顔になって、

「それならば簡単なことだ。ここはベンガル湾にのぞむアラカンという国だよ。アラカン国は海岸沿いに細長く伸びていて、ついそのうしろには南北に山脈がはしっている。山脈のかなたでは、たえず驃国と南詔国とが相争っているが、その影響はこちらにまではおよばない。もう五百年もむかし、チャンドラという名をもつ王がここに国を建てて以来、アラカンは驃国にも南詔国にも一度として属したことのない絶域として、独特の

歴史を保ってきたといってもよいだろう。ちなみに、アラカン国の歴代諸王の名はすべてチャンドラをもって終っている。背後を山によって遮られているから、この地方はどうしても孤立せざるをえないが、そのかわり正面には海がひらけているから、さしずめ東西航路の中継点になる。ここには大食国《ター ジ》（アラビア）や波斯国《ハシ》（ペルシア）の商人もときどき立ち寄ることがあるよ。」

「すると、なにか外国商人を喜ばせるような特産物でもあるのかね。」

「いや、アラカン自体にはめぼしい産物とてないが、背後の山脈を越えて伊洛瓦底《イラワジ》河の流れをどこまでもさかのぼってゆくと、やがて峨々《がが》たる険峻にかこまれた山中の別天地ともいうべき雲南地方にいたる。古来、交易をもとめる商人が馬や牛とともに踏みならしてきた山峡の道で、この道から雲南地方の特産物がアラカンの海岸まではこばれてくるというわけだ。」

「では、雲南地方の特産物とは。」

「まず麝香《じゃこう》だね。そのほかに香料では青木香がある。翡翠も採れる。琥珀も産する。珍宝をもとめる外国商人には、よだれの垂れそうなものばかりさ。もっとも、われわれアラカン人にとっては、雲南の珍宝が船に積まれてどこへはこばれようと、要するに目の前を素通りするだけだから、まるで関係のないはなしとしかいいようがないがね。」

ここでまた、男は鈴をちりちり鳴らしながら、小きざみに肩をゆすって笑いこけた。

それを見ているうちに、安展、ついに好奇心に打ち勝ちがたく、その鳴っている鈴を指さして、

「ところで、つかぬことをきくが、そのおまえの股間にぶらさげた鈴はなんのためだ。おまえはさっき、われわれが竹の子を食うのがおかしいとしきりに笑ったものだが、冗談じゃない、そっちのほうがよっぽどおかしいぞ。」

安展にきめつけられると、犬頭人はにわかに悲しげな色を浮かべて、おのれの股間を眺めやりつつ、

「これか。これはアラカン国の法律できめられていることだから、われわれが勝手にどうこうするわけにはいかない。不幸にして犬頭をもって生れてきた男はすべて、一生涯、ここに鈴をつけて暮らさなければならぬのだ。」

「それはまたなぜに。」

男はいよいよ消えも入りたきふぜいになって、

「それには仔細がある。ざっくばらんに申せば、いまからおよそ百年ばかり前、例のチャンドラという語で終っている何代目かのアラカン王が国を治めているころ、この国には好色淫靡の風がはびこり、女どもが犬を相手にたわけるということが頻々とおこった。貴族の女どものあいだで、これが一種の高級な消閑と見なされる傾きさえあったのだな。そして、その結果として犬頭の男がぞくぞく世に誕生することになった。アラカン国の

全人口の五分の一は犬頭人だといってもよかろう。この淫風をふかく憂えて、何代目かのアラカン王は恥ずべき犬頭人をこれ以上ふやさぬために、まず女どもの相手となるべき国じゅうの犬をのこらず殺してしまおうと考えた。しかし犬だけ殺しても犬頭人が生きているかぎり、この犬頭人から二代目三代目の犬頭人が生れてこないという保証はない。いや、その可能性は大いにある。そこで彼らに一種の貞操帯をはめて、彼らの生殖能力を無に帰せしめようともくろんだ。それがすなわち鈴だ。以後、犬頭の男は法律によって男根の先に鈴を装着することを余儀なくされて、ついに死ぬまで、女に接することが不可能となり、したがって子どもをつくることも不可能となった。かくて王の意図は達成されたわけだが、貧乏くじを引いたのは何の罪もないおれたち犬頭人だろう。だって、おっかさんの淫乱の罪を、おれたち子どもがつぐなっているようなものではないか。」

「なるほど、それはそうにちがいない。」

「こんなことは恥ずかしいことだから、できればかくしておきたいところだが、そうもいかない。どうせいずれは世に知れわたるにきまっている。すなわちアラカン国は犬頭人の国だという忌まわしい風評が、やがては世界を駆けめぐるにきまっている。それはほとんど既定の事実で、おれたちにはどうすることもできないのだよ。」

「しかし、未来のことは分らぬだろう。そう悲観的になることもないのではないか。」

安展がなぐさめ顔にいうのに、犬頭人は遠くを見るような目つきになって、

「いや、それがよく分るのだな。はばかりながら犬頭人には特有の勘があって、未来のことがまのあたりに見えるのだ。つらつら四百年後の世界を判ずれば、まずヨーロッパからマルコ・ポーロ、オデリコ、カルピーニ、ハイトン、それにアラビアからイブン・バットゥータという旅行家がやってきて、このアラカン国のごく近くを騎馬や船で通り、帰国後、どこで聞きかじったのか、犬頭人に関する噂を大いに世にひろめることになるはずだ。やはり同時代のイギリスの、マンデヴィルなどという正体不明の男にいたっては、ヨーロッパから一歩も外へ出ずに、自分が聞いたわけでもない犬頭人の噂を無責任に流布せしめるのだから、いやはやどうも、あきれたものだよ。なかには場所を間違えて、アラカン国をアンダマン島だとか、ニコバル島だとか書くようなやつまで出てくる始末さ。まあ、彼らの無責任ぶりを考えればむりもないところだろうがね。」

安展、犬頭人の長広舌につくづく恐れ入って、

「そんな四百年後の夢みたいなはなしを聞かされても、おれたちには雲をつかむようで、さっぱり現実味がない。おまえさん、少しあたまがおかしいのではないか。」

円覚も尻馬にのって、

「こういうひとをアナクロニズムというのですよ。ちょうどコロンブスの船がやってきたのを見て、や、コロンブスだ。おれたちは発見された、と叫んだアメリカの原住民の

ようにね。もうわたしはうんざりしました。こんなひとにいつまでもかかずらわっていては切りがありませんから、さ、行きましょう。」

とめどない犬頭人のおしゃべりに辟易《へきえき》して、挨拶もそこそこに四人がその場を立ち去ると、あとには犬頭人のうつろな笑い声が、あたかも犬の遠吠えのごとく、いつまでも悲しげにひびくのだった。笑い声の合間には、鈴もちりちりと鳴っていた。

歴代諸王がチャンドラと名のるからには、おそらくアラカン国には古くからバラモンが渡来しており、したがって仏法もさかんではなかろうかと期待されたが、案に相違して、それほどでもないようであった。これではとても盤盤国におけるように、王から天竺行きの船を出してもらうことを期待するわけにはいかない。親王は安展や円覚と相談した末、頼んで大食国の商人の船に便乗させてもらうのが得策だろうと思いいたった。

アラカン国の海岸は東西にむやみに長く伸びているが、そこには港といえるほど整備された港があるわけではなく、ただ船のつく浜があるにすぎない。来航する商人もどこか信用しかねるような、いかがわしい連中ばかりである。しかし渡天のためには贅沢なことをいってはいられない。ある日、親王は一行とともに浜におもむいて、かねて目ぼしをつけておいた大船の持主と会った。ハサンという名のでっぷりしたアラビア人であ

った。親王が日本からきたと告げると、ハサンは好奇心をあらわにして、

「ほう、ワクワクのものか。」

親王は意味が分らず、

「はて、ワクワクとはなんのことです。」

ハサンは笑って、

「いやなに、唐人がおぬしの国を倭国と呼ぶように、わしらは国のことばでワクワクと呼んでおるまでじゃよ。気にしなくてもいい。それより、頼みの一件というのはなんじゃな。」

親王が天竺まで船に便乗させてほしいことを切り出すと、ハサンはしばらくだまっていたが、やがて狡猾《こうかつ》そうな笑いを浮かべて、

「おぬしたちを船に乗せるのはいとやすいことだが、それには船乗りのあいだの不文律によって、応分の謝礼を出してもらわねばならぬ。といっても、打ち見たところ、おぬしたちのふところが暖かろうとはとても思えぬ。そこで物は相談じゃが、わしらの商売に協力してはもらえぬだろうか。協力してくれれば、天竺へでもどこへでも、喜んでつれて行ってやろう。」

「商売というと。」

「じつはな、わしらがアラカン国に船を寄せているのは、蜜人を採りにきたためなのじ

や。」

「蜜人。蜜人とは聞いたことがないが。」

ハサンは声を低めて、

「聞いたことがないのも道理。世間なみの商売では、そんな品物は扱っていないからな。蜜人とは、簡単にいえば人間の屍体の乾し固められたものさ。むかしのバラモンの中には、捨身して衆生を済度せんと発願するものがあってな、彼らは山中の石窟で飲食を絶って、ただ蜜のみを食って生きていた。そうして一月ばかりたつと、彼らの大便も小便もことごとく蜜になる。やがて死ぬが、死んでも五体は腐らずに、かえって馥郁たる香をはなつ。こんなのが蜜人さ。」

アラビア人の説明を聞いているうちに、親王は高野山の石窟で入定した師空海和上のことを卒然として思い出して、ついこう口に出さずにはいられなかった。

「まるで空海和上のようだ。」

ハサンは聞きとがめて、

「え、なんだって。」

「いや、こっちのことです。はなしの腰を折って申しわけない。どうぞつづけてください。」

ハサン、ふたたび語を継いで、

「この蜜人をわしらがなぜ採りにゆくかといえば、それが世にも貴重な薬品になるからじゃ。どんなにからだにひどい損傷を受けたものでも、この蜜人の少量をくだいて服すれば、奇蹟のようにたちどころに癒える。それほどの高貴薬だから、カリフのいるバグダードの宮廷へでも持ってゆけばたんまりした実入りになるのはいうまでもない。ただし、この蜜人を採りにゆくのがなかなか骨で、尋常一様な覚悟ではとても成功はおぼつかない。」

安展がここでことばを挟んだ。

「採りにゆくとおっしゃるが、いったい、その蜜人はどこにあるのですか。」

「アラカン国の背後に山脈がはしっていることはおぬしたちも承知だろう。ベンガル湾から夏の季節風がまともに吹きつけてくるから、山脈のこちら側はきわめて雨が多く、つねに土地が湿っているが、ひとたび山脈を向う側に越えれば、まるで景観がちがって、乾燥した土地がいちめんにひろがっている。一木一草とてない砂原で、ここに蜜人が多く散らばっているのだよ。」

今度は円覚が疑わしげにことばを挟んで、

「バラモンは山中の石窟で入寂して、馥郁たる蜜人になるというおはなしでしたがね。もし砂原に蜜人がころがっているのだとすれば、それは単なる行路病者の屍体にすぎないのではありませんか。」

アラビア人は露骨にいやな顔をして、

「そんなことはわしらの知ったことではない。とにかく蜜人を手に入れるのがわしらの商売なので、その蜜人がどんな素姓のものであれ、いちいちこちらで詮索はせぬよ。バラモンであろうと行路病者であろうと、わしらの問うところではないのだ。」

ここでハサンに不機嫌になられては困ると思ったのか、親王がさりげなく話題を転じて、

「おはなしによると、山のかなたの砂原に蜜人を採りにゆくには非常な困難が伴うそうですが、それはいかなる理由のためですか。」

ハサンはたちまち表情を変えて、

「うむ。問題はそこなのだよ。なにしろ砂原は炎熱が照りつけているし、はげしい風が吹きすさんでいるから、とても人間があるいて行かれるような場所ではない。そこへ行くには箕《み の》をもって全身隈《くま》なくおおって、顔や手足に吹きつける砂粒をふせぎつつ、六尺ばかりの帆を張った車つきの丸木舟に乗って、風の力を利用しながら、両足でせわしなく車を漕いでゆかねばならない。それだけでも、たいへんなエネルギーを要する作業だ。やがて砂原のまんなかにいたると、あちこちにころがっている、くろぐろとした蜜人のすがたが見え出すだろう。いかにしてこれを採りこむか。それには一つの秘訣がある。すなわち、あらかじめ用意した熊手のごときもので蜜人をひっかけて、そのまま砂原の

上をずるずると引きずって行くのだ。けっして丸木舟から降りてはいけない。降りたら最後、ぎらぎらした炎熱に目がくらんで、二度とふたたび丸木舟にもどることはできないだろう。」

「つまり、蜜人を採ることに失敗すれば、みずからもまた蜜人になってしまうということですね。」

親王のことばに、アラビア人は目をむいて大きくうなずきながら、

「そうそう、そういうことじゃ。砂原に蜜人がたくさんころがっていることの理由が、これでおぬしにもお分りじゃろう。しかしな、蜜人を採るのがむずかしいというのは、かならずしもそれだけのためではない。じつは、それよりもっと厄介なことがあるのじゃよ。」

「と申しますと。」

ここでハサンは親王、安展、円覚、秋丸と、ひとりひとりの顔を順ぐりに穴のあくほど見つめてから、おもむろに口を切って、

「蜃気楼《しんきろう》という現象を知っておるじゃろう。海上でもおこるが、ときに熱風の渦巻く砂原でもおこる。いかなる気象上の原因によるかは知らぬが、かの山のかなたの砂原では、それに似た現象がじつにしばしばおこってな、ひとたび熱気が砂原によどむと、そこにころがっている人間の残骸ともいうべき醜い蜜人が、あろうことか、ことごとく美女の

すがたに化して見えるのじゃ。それだけなら別にどうということもなかろうが、蜜人を採りにゆく男たちは、いずれも必死で丸木舟の車を両足で漕いでいる。すると、その運動のせいか、いつしか腰のあたりに奇妙な情感が高まってきて、おのれの男根がむくむくとあたまをもたげはじめるのに気がつくのじゃ。そうなったら万事休す、まず仕事を完遂することはできまい。なぜかというに、男が熊手で蜜人を採ろうとすれば、熊手の先に浮かび出るのは美女の幻影だ。発射寸前にまで高まっている情感がどうしてこれに堪えられよう、男はとたんに精をはなつ。また別の蜜人に近づけば、これも美女。そこで二度目の精をはなつ。目の前にちらちらする美女の幻影はかぎりがないから、砂原を丸木舟で駆けまわれば駆けまわるほど、男はかぎりなく精をはなちつづけて、ついにはくたくたに疲労困憊《こんぱい》してしまう。とても蜜人を採るどころの段ではない。」

あまりの突拍子もないはなしに、親王以下四人は声もなく、ただアラビア人の顔をぽかんと見つめていた。しかしハサン自身は事もなげに、

「このたびのアラカン滞在中にも、すでに三人ばかりの若ものを山のかなたの砂原につかわして、めあての蜜人を採らしめんとしたものだが、あきれたことに、じつに三人が三人とも、例の砂原のあやかしに手もなく幻惑されて、一個の蜜人をも引きずってくることができなかった。その中のひとりなんぞは、どこでどうドジを踏んだか、ついに行方不明になって砂原から帰ってさえ来ない。あとのふたりも、辛うじて帰っては来たも

のの、まるで正体を失って、いまや半病人のていたらくさ。」

「それは気の毒に。」

「気の毒だが仕方がない。そのためにこそ船に乗ってアラカンまで来た連中だからな。しかし、これで蜜人採りの仕事をしてくれる男たちも、わしの船にはひとりとしていなくなってしまった。なんらの成果もなく、手ぶらで国へ帰らなければならないかと思うと、わしは残念でたまらないよ。」

そういって、ハサンは謎をかけるような目つきで、四人の顔を順ぐりに眺めやった。ややあってから安展がいった。

「あなたのおっしゃりたいのは、その蜜人採りの仕事を、わたしたち四人にやってほしいということですね。それがあなたの交換条件というわけですね。」

「まあ、そういうことだ。」

安展、はやりたって、

「それならお断わりします。かりにも仏門に帰依しているわたしたちに、そんな欲得ずくの仕事のできるわけがない。とんでもないことです。」

ときに親王、しずかに安展を制して、

「待て待て、安展。そう早まってはいけない。この問題は、ひとまずここを辞去してから、四人でよく相談してきめよう。それからでもおそくはなかろう。」

アラビア人にしばらく猶予をあたえてほしいことを告げて、四人は第一回の会見を打ち切ると、倉卒として浜をあとにした。アラビア人はにやにや笑いながら、去ってゆく四人を船の上から見送っていた。

四人だけになると、さっそく安展がことばはげしく親王に食ってかかった。

「みこ、冗談ではありませんぞ。こともあろうに、あんな業つくばりの大食人の提供する、げすっぽい仕事をお引受けなさる気か。いかに天竺へまかり越すのが目下の喫緊事であるとはいえ、あればかりは仏門の徒にふさわしからぬ、俗の俗たるいやしき仕事とはおぼしめされぬか。」

円覚も同調して、

「安展のいう通りです。それに、あの男はバラモンの蜜人のと申しておりますが、どうやら察するところ、ただの乾燥した行き倒れの屍体にすぎないように思われます。それが薬品として効きめがあるかどうかも、はなはだ疑問です。みこ、お気をつけになってください。」

それまでだまっていた秋丸までが、ここを先途と口を出して、

「みこ、危険な仕事だけはおやめになってくださいませ。天竺へ行きつくどころか、元も子も失ってしまうのが落ちでしょう。」

三人にいうだけのことをいわせてしまうと、親王は初めて口を切って、

「それほどむずかしく考えることはなかろう。わたしはただ、あの男が蜜人について語るのを聞いて、ゆくりなくもわが師空海和上のことを思い出したまでさ。高野山にて御入定のみぎり、和上は蜜こそお食べにならなかったが、すすんで穀を断って坐禅に専念なされた。つまり和上もまた、一種の蜜人になられたわけだよ。」

「しかし、あの大食人のいう蜜人は、いささか素姓のあやしいしろものでして。」

「それでもかまわないではないか。死んでしまえば一切皆成じゃ。わたしとしてはむしろ、自分をためしてみるためにも、あの男のいう山のかなたの砂原とやらにおもむいて、そこにころがっている乾からびた蜜人を眺めつつ、不浄観をこらしたいと思っているよ。」

「はあ、不浄観ですか。」

「うむ。わたしだって多少の修行は積んでいるつもりだから、いかに蜃気楼に目をくらまされたにせよ、まさか蜜人を見て、これを美女と取りちがえるなどということは万々あるまい。そのくらいの自信はあるさ。むしろ蜜人を見れば見るほど、その不浄を悟ることができるのではないかと思っている。けっして心配するほどのことはない。山のかなたへはわたしがひとりで行ってくるから、おまえたちは安んじて待っているがよかろう。どういうものか、わたしはぜひとも蜜人を見たいのだよ。」

そこまでいわれては、三人ともに返すことばもなく、親王の気まぐれに唯々として従うよりほかはなかった。

アラビア人はてっきり安展か円覚のどちらかが蜜人採りに出かけるものと思っていたらしく、いちばん年かさの親王が出かけると聞くと、おどろいたような表情を見せたが、それについてはあえて何もいわなかった。

六尺の帆を張った丸木舟は長さ九尺あまり、両側に一個ずつ木製の車をつけて、その車を乗るものが自転車のように足で漕ぐ。砂漠とはちがって地面が堅いから、車が砂にもぐってしまうようなことはない。帆に風を受ければヨットのように地上を滑走する。だれの発明したものか、この地方の砂原をはしるにはもっとも有効な乗りものであった。

砂原は波のようなうねりを見せて、高まったり低まったり、見わたすかぎり、どこまでもつづいていた。もとより一木一草とてない。いちめん褐色の海が風に荒れて波立ち、波立ったまま凝固したかのごとき不気味な印象である。ところどころ、よどんだ空気が熱せられて、その砂原のぎらぎらした表面に、いくつとなく小さな陽炎《かげろう》がゆらめいている。むっとするような空気が層をなして低く垂れこめ、もののかたちを二重三重に見せている。たしかにアラビア人がいったように、丸木舟に乗っていてさえ、この炎熱の砂原を突破するには相当の覚悟を必要とするように思われた。

吹きつけてくる砂粒をふせぐために、竹を細かく編んでつくった鎖かたびらのようなものを全身にすっぽりかぶって、親王は勇躍して丸木舟に乗りこんだ。ときに正午。風の具合がよかったから、ちょっと足で車に運動をあたえただけで、たちまち丸木舟は砂原を突っぱしりはじめた。あまりに容易にはしるのに、親王はかえって拍子ぬけしたほどである。風が耳もとでうなり、丸木舟は右に左にゆれながら快調にすすんだ。最初のうち、その快いスピードに親王は酔ったような気持で、なにも考えることなく、乗りものの運動に完全に身をまかせていた。しかし、やがてはっと気がついた。これは少し気持がよすぎるのではないか。このままでは、どこまで気持がよくなってくるか分らぬぞ。気をつけなければいけないぞ。おかしなもので、そう思えば思うほど、ますます気持がよくなってくるような気がして、親王はわれにもなく不安になった。

つねに身にはなさずにいる数珠をとって押し揉みながら、親王は南のほうを向いて、南無遍照金剛、南無遍照金剛、南無遍照金剛と三たび唱えた。すると、胸のあたりにわだかまっていた不安が嘘のように消え、いままで砂原をはしっていた丸木舟がぐっと舳先から宙に浮かびあがったかと思うと、そのまま地上をはなれて、飛ぶがごとくに空中をはしりはじめた。帆に風をはらんで、ゆるやかに上下しながら丸木舟はすすむ。下を見ると、砂原に点々と黒いものの落ちているのが見える。あれこそは蜜人にちがいない。親王は目をこらして、その黒いもののすがたを上空からしかと見さだめようとした。

アラビア人は蜜人が美女に見えるといったものだが、まるでそうは見えなかった。砂原の上に散らばっているそれは、それでも人間の屍体にはちがいないのに、なんとも形容するに苦しむほどに醜いものだった。すなわち、あたまだけが人間で身は獣類のもの、あたまがなくて身ばかりのもの、身が半分だけしかないもの、あたまが二つで身は一つのもの、身は一つであたまが三つのもの、あたまはあれども顔のないもの、顔はあれどもあたまのないもの、目ばかり三つもあるもの、手が一本もないもの、足が三本もあるもの、全身ただ骸骨のみのもの、からだじゅうに毛のはえているもの、腹に穴のあいているもの、尻に尾のあるもの、唇の長く地に垂れるもの、左右の耳の顔より大きいもの、目が一尺も飛び出ているもの、そんな半端な屍体ばかりであった。

親王は空飛ぶ丸木舟から地上を眺めおろしつつ、つくづく人間の不浄を悟ることができたと思った。やはり蜜人を見にきてよかった。蜜人を見たおかげで、自分は一段と解脱の境にふかく入ることをえた。そう思うと、あのとぼけた大食人にむしろ感謝したいような気さえしてきて、親王はさらに足で丸木舟の車を力づよく踏みつづけた。気分は爽快であった。

すでに丸木舟はアラカン国の国境をはるかに越えて、眼下に見る伊洛瓦底《イラワジ》河の上流を北へ北へとさかのぼりつつあった。出発してから何時間たったことか、見わたせば、雲また雲のかなたに横たわっているのは名にし負う雲南の山々である。なぜともなく、親王はなつかしいふるさとにでも帰ってゆくような気がして、こころがはやるのをおぼえた。それにしても、このちっぽけな丸木舟で、あの雲のはてまで飛んでゆくことが可能しかし案ずるより産むはやすく、親王の足で漕ぐ丸木舟は高くそびえる峰々をやすやすと飛び越して、ただ一路、北東をめざして翔《か》けに翔けった。

やがて禄卑江を越え、怒江を越え、瀾滄江を越えると、たたなわる山と山とのあいだに、小さく鏡のように光る湖水が見えてきた。大理盆地の中心にある洱海《じかい》（西洱河）であろう。洱海をはさんで、その手前には蒼山が見え、その向うには、いただきに突兀《とっこつ》たる無数の岩々の林立している鶏足山が見える。ああ、とうとう雲南にきてしまったなと親王は思った。正午に出発したのに、はや陽は落ちかかって、まっかな夕焼が周囲にひろがる山々を紫色に染めていた。親王はそれを上空から見おろしているのだった。

こういうとき、きまって親王は眠くなるのだった。なにかそれまでの緊張がゆるんで、ほっとしたような気分になるからであろう。さいわいにも丸木舟は帆にいっぱい風をはらんで、しぜんに前へ前へとすすんでいたから、べつに親王が足で車をまわさなくても、不意に地上に墜落したりする心配はなさそうであった。豆の莢《さや》のようなかたちをした丸木舟の中にごろりと身を横たえて、親王は目をつぶった。目をつぶれば、たちまち夢を見る。いまさらいうまでもなく、これも親王の特技の一つだった。

夢の中で、親王はまだ三十代の半ばであり、どういうわけか、ひとりで高い杉の樹のてっぺんにのぼっていた。どうしてこんな高いところへのぼってしまったのか。自分で考えてもよく分らない。そのうち日がくれてきて、妙にさびしくてたまらなくなったので、するすると杉の樹から下へおりると、下には造立中の堂塔房舎あまたあり、どうやらここは高野山らしいと思いあたった。空海和上が開創して、つい近ごろ、そこに住むようになったばかりの高野山である。そうだ、和上に挨拶をしなければと気がついて、親王はただ一つだけ灯の見える堂のほうへあるいて行った。

堂の中をのぞいてみると、和上はなにやら修法の最中であるらしく、あかあかと燈明をともし、護摩をたき、壇に孔雀明王の像やら羯磨《かつま》杵《しょ》やら孔雀の尾やらを安置して、その前に観法定座している。しきりに陀羅尼《だらに》をとなえている。それがくるりと振りかえって、

「これはこれは、みこの禅師、よくおいでくださいましたな。」

見ると、その顔はすでに生きている人間のものではなく、金泥を塗り玉眼をはめた木像のそれにひとしい、こわばった無表情な顔である。ああ、和上は死期をおさとりになって穀断ちをなされ、日ごとに丹薬をおのみになったあげく、とうとうこんな面貌におなりになったのかと、親王はいたましい思いに堪えず、つい目をそむけた。しかし和上は一向に悲しげなようすもなく、かえって親王をからかうような口調で、

「みこの禅師、また杉の樹へおのぼりになりましたな。なにがお見えになりました。」

親王も釣りこまれて笑いながら、

「和上はなにごともお見通しで、おそれいります。いえ、なにも見えませんでしたが、わたしはどういうものか、生れついて高いところが好きなものですから。」

「高いところもお好きですし、遠いところもお好きですね。あなたが杉の樹のてっぺんへおのぼりになったのは、きっとそこから天竺を望見なさろうというお気持があったからでしょう。」

そんなつもりはなかったが、空海和上にいわれてみると、そう考えてもいいような気がしてきて、

「なるほど、そうかもしれませぬ。」

「あなたのようなお方には、わたし、ついぞお目にかかったことがない。拝察するところ、おこころざしはつねに遠くの遠くの、海外絶域にあらせられるようですね。わたしも若いころ唐土まではまいりましたが、それよりかなたの天竺へは足をのばしかねました。あなたはいずれ天竺へいらっしゃるおつもりなのでしょう。」

「さあ、将来のことは。」

「いや、きっとそうにちがいありませぬ。はばかりながら、わたしの活眼をもって見ぬくところ、あなたは天竺に至ろうとして至りえず、しばらく南海諸国を歴訪なさらなければならないという、思いがけない幸運にさえめぐまれますぞ。わたしもこんなに病み

ほうけて、いくばくもない余命を生きている身でさえなければ、あなたの将来の渡天の旅にぜひ御同道をねがいたいと思っているくらいですよ。」

「ありがたく存じます。」

「わたしはかねがね、この高野山をあなたにお譲りしてもよいと考えていたものですが、それはやめました。すっぱりと思いきりました。だって、せまい日本の中に跼蹐《きょくせき》しているためには、あなたのおこころざしはあまりにも大きいように拝察されるからです。高野山をおまかせしたはよいが、たちまち天竺やらどこやらへ飛び出して行かれては、あとのものが大いに困却せざるをえませんからね。そうではございませぬか、みこの禅師。」

和上は笑っているようであったが、その顔は光った金属の仮面のようで、まるで人間らしい表情というものが見られなかった。

そのとき、和上のうしろの壇の上で、孔雀明王を背中にのせている三尺ばかりの孔雀の像が、一瞬、その蛇紋のある長い首をぴくりとうごかし、その左右にひろげた羽根をぶるぶると震わせたような気がして、親王はわが目を疑った。しかもよく見れば、その驕慢な鳥の顔が女の顔、もっとはっきりいえば藤原薬子の顔そっくりに見えて、はっとした。死んだ薬子はどうも鳥に縁があるようで、これまでにも何度か鳥のすがたをして親王の夢にあらわれている。薬子は死んで孔雀と化して、きびしい女人禁制の山である高野山の寺域にまんまともぐりこみ、そこで明王の乗りものになりすましているのであろうか。いったい、空海和上はこのことを承知しているのであろうか。

親王がじっと見ているのに気がついたらしく、孔雀はふたたび首をかしげると、ごく低い声で「訶《か》訶《か》訶《か》訶《か》……」と鳴きはじめた。

和上もそれに気がついて、振りかえると、さっそく壇上の孔雀を手まねきした。孔雀は蹴爪のある足を一歩一歩踏んで、そろそろと壇から降りて近づいてきた。それとともに、それまで背中にのせていた孔雀明王のすがたもふっと見えなくなっていた。いや、見えなくなっていたというよりも、親王みずからが孔雀明王になりかわって、鳥の背中にどっかと腰をおろしていた。いつのまにか、夢の中で親王と孔雀明王とは区別がつかなくなり、親王は明王の地位に取ってかわっていたのだった。夢の中でこそ、こういう転換がおこる。

「おさらばじゃ、みこの禅師。天竺とはいわずとも、どこかでふたたびお目にかかることもあろう。それを信じていてくだされ。」

和上の声に送られて、孔雀はたちまち翼を羽ばたかせると、背中に親王をのせたまま、ふわりと高野山の上空高くに舞いあがった。

空から眺めると、くろぐろとした杉林のはずれに奥の院の五輪塔らしきものが見える。奥の院。しかしまだ和上が生きていて、いま和上と別れてきたばかりなのに、もう奥の院ができているとは、いかにもふしぎである。すなわち親王は夢の中で、あきらかに時間をごっちゃにしているのだった。そういえば、もう三十年もむかし、入定した空海和上の七七忌を修してから、その御遺体につき添って、奥の院までの長い道のりを苦労してあるいたことがあったっけ。そんなことも思い出されて、親王はなおも目をこらして下をのぞいた。

すると、その奥の院へいたる道の途中に、蟻の行列のように、遺体をおさめた柩《ひつぎ》と、それにしたがう大ぜいのひとびとのすがたが見え出した。行列はしずしずとすすむ。うやうやしく柩をかついでいる僧衣の六人は、いずれも空海和上の高弟である。親王は空から、その六人の顔をいちいち確認した。あれは実恵だ。あれは真然だ。あれは真紹だ。あれは真雅だ。あれは真済だ。そして最後のひとりは、なんと自分自身であった。親王はあっと声をあげた。夢の中で自分の顔を見たというのは、たとえそれが空からの遠望であったにもせよ、親王にとっては初めての経験であった。

親王があっと声をあげると、あたかもそれに応えるかのように、孔雀が飛びながら、またもや「訶訶訶訶訶……」と鳴き声を発した。その耳ざわりな声で、親王はようやく目をさました。鳥の背中に乗って飛んでいるとばかり思っていたのに、じつは親王が乗っていたのは奇妙な空飛ぶ丸木舟であった。

人間の耳のかたちをしているといわれる洱海は、もと昆明池と呼ばれており、ほぼ大理盆地の中心にあって、西にそびえる蒼山と向い合っている。かつてこのあたりに住む種族が西洱河諸蛮とも呼ばれ、また昆明夷とも呼ばれていたのは、むろん、この美しい山中の大湖水の名前にちなんでいたのだった。昆明夷は後漢代になって哀牢夷と称せられ、さらに唐代になって白蛮と称せられるにいたる。八世紀に形成された南詔という国は、この大理盆地に定住する農耕民族たる白蛮を中心に、さらに山間の遊牧民族たる烏蛮をも併合して成立したところの国だった。もっとも、南詔の王家は烏蛮系の蒙氏であるから、烏蛮を中心にといったほうが正しいかもしれない。白蛮と烏蛮。烏蛮の代表は羅羅《ローロー》族と考えてもよかろうが、かならずしも羅羅族だけではなく、磨些《モーソー》族や栗粟《リースー》族をもふくめたチベット・ビルマ語系統の少数民族の総称と見たほうがあたっていよう。

アラカン国の王の名がすべてチャンドラという称号をふくむことは前に述べたが、おかしなことに、南詔国の歴代諸王の名は尻取りになっている。これは烏蛮の習俗と見られている。こころみに初代から八代までの王名をしるせば、細奴羅、羅盛、盛羅皮、皮羅閣、閣羅鳳、鳳伽異、異牟尋、尋閣勧、勧龍盛となる。鳳伽異は即位前に死んでいるから、異牟尋を六代とする。

耳のかたちをした洱海をめざして高度をさげると、親王の丸木舟は蒼山をひょいと越えて、洱海のつい向うにそびえる鶏足山のいただきに着陸せんとした。鶏足山の名の由来は、山なみが前方に三列、後方に一列のびていて、あたかも鶏の足指のかたちを思わせるからという。すでに夜があけて、すがすがしい朝になっていた。

この山のいただきに降りて、べつになにをしようという当てがあるわけでもなかった。ただ、さきほどの夢がまだ尾を引いていて、もしかしたら、この山で空海和上に会うことができるのではないかという、漠然たる予感のごときものが胸にきざしていた。まるで理由のない予感であるが、こういう予感のほうがむしろ信用するに足りる。

はげしく風雨に浸食されて、奇岩怪石のおびただしく塔のようにそそり立つ鶏足山の山容は、日本ではとても想像しがたいほどに峻険をきわめていた。朝霧が峰々をめぐってゆるやかにながれている絶壁のあいだの道をたどりつつ、親王は大きく胸を張って、朝の空気をいっぱいに吸いこんだ。行くほどに、岩の壁にいくつも彫りきざまれた女陰のかたちが目立ってきて、古代このかた、ここにはすでに多くのひとが通ってきているらしいことを示していた。真臘国でリンガを見ても何とも思わなかったように、ここで女陰のかたちを見ても親王は少しもおどろきはしなかった。

明代の旅行家徐霞客が「鶏山一頂にして天下の観を萃《あつ》む」と書いているように、この山の景観はまさに千変万化のおもしろさであったが、いまや、そんなものは親王にはどうでもよかった。景色なんぞはてんで眼中になかった。親王はなにかを求めて、ひたすら足をうごかしていた。なにを求めているのか、なにをさがしているのか、自分でもよく分らないようなところがあった。そしてつらつら考えてみると、自分の一生はどうやら、このなにかを求めて足をうごかしていることの連続のような気がしないでもなかった。どこまで行ったら終るのか。なにを見つけたら最後の満足をうるのか。しかしそう思いながらも、その一方では、自分の求めているもの、さがしているものはすべて、あらかじめ分っているような気がするのも事実であった。なにが見つかっても、少しもおどろきはしなかろうという気持が自分にはあった。ああ、やっぱりそうだったのか。すべてはこの一言の中に吸収されてしまいそうな予感がした。

目のくらむような懸崖のふちをあるき、いくつもある石の洞門をくぐりぬけて、山頂をぐるりと裏側へまわると、そこに岩をうがった一つの石窟があった。よほど古い時代のものにちがいない。石窟には、朽ちかけた木の扉がついていた。親王はためらわずに、その扉を力まかせに押しやぶった。すると、にわかに眼前に霧がたちこめて暗夜のごとく、一寸さきも見えなくなった。

親王は茫然として、霧がしずまるのを待った。やがて風が吹きわたって霧が晴れると、石窟の奥の、岩壁をけずってくぼませた龕《がん》の中に、ぼんやりと人間のかたちをしたものの浮き出るのが見えた。結跏趺坐《けっかふざ》して、大日の定印をむすんでいる人間のかたちである。それは漆をかけられ、玉眼をはめこまれて、すでに生きている人間のそれではなくなっていたが、親王が夢の中で見た空海和上のおもかげにおどろくほどよく似ていた。いや、夢の中の和上に再会したとしか思えなかった。しかも、その夢はついさっき見たばかりなのに、もうずっと前に見た夢のように、はるかに遠い時空にただよっているようにしか思えなかった。

「和上、とうとうまたお目にかかることができました。和上のおっしゃった通りでした。こんな嬉しいことはございませぬ。」

そういうと、親王は石窟の蛮人の前にふかくあたまをさげて、あふれる涙を袖で押しぬぐった。

鏡湖

これまで親王がめぐりあるいてきた南海の諸国とくらべると、雲南の険峻にかこまれた南詔国はすべての点でいちじるしくちがっていた。まず気候がちがう。かつて嘉靖帝の忌諱にふれて雲南に謫《たく》せられた明の楊升菴が「花枝は絶えず四時春なり」と詠じたように、ここは暑くもなく寒くもなく、まず温暖な環境である。それだけでも南海の諸国よりはずっとしのぎやすい。また、雲南は古くからビルマ・ルートを通じてインド方面と交易を行ってきたが、文化的にはインドよりもむしろ中国の影響を大きく受けてきたもので、南詔国の官制も仏教も完全に中国の模倣である。仏教寺院も中国風だ。この点でも、インド文化圏に属する真臘や扶南や盤盤とはまったく異る。第四代の皮羅閣が玄宗より雲南王に封ぜられてから、代々の南詔国の王は中国かぶれをかくそうともせず、ときには北方の成都から漢族の財貨を略奪したり職人を拉致《らち》したり、ときには唐の公主を当地へ嫁入らせることをあからさまに唐朝にもとめたりした。南詔国の貴族の子弟にとっては、成都に留学することが最大のあこがれだったようだ。

『新唐書』の南蛮伝中に、第十代の王豊佑が「中国を慕って父の名をつらねることを肯《がえん》ぜず」とあるように、初代より第十代までつづいてきた古い烏蛮の習俗である父子連名制は、第十一代の王世隆にいたって断絶する。父子連名制とは、父の名の末字を子の名の頭字につけるという、いわば尻取りの方式による命名法である。おそらく中国かぶれの王にとっては、これが何ともばかばかしく恥ずかしい陋習《ろうしゅう》のごとくに見えたのではないだろうか。

さて、親王は鶏足山のいただきの石窟で蛮人を拝すると、満ちたりたこころで山を下りはじめた。旅に出て以来、いつも安展、円覚、秋丸の三人と行動をともにしてきたから、たったひとりで見知らぬ国をあるくのは初めてであり、こころぼそくはないかと案じられもしたが、そんなことは少しもなく、下山の途次、緑したたる山腹に春の花々の咲きこぼれているのを目にすると、しぜん若もののように足どりも軽くなった。あの太陽のぎらぎらする南国では絶えて見られなかった光景である。いつのまにか日本へもどってきたかのような錯覚をすら親王はいだいた。

ただ、どこがどうというのではないが、あるきながら、いつもの自分をどこかへ置き忘れているような、なにか自分の中に脱けおちた部分があるような、へんに頼りない気持がすることも事実であった。それが雲南という土地のせいか、それとも自分自身のせいかはよく分らない。ともかく三人の従者といっしょに本来の自分をアラカン国にのこしたまま、別の自分がひとりで空とぶ丸木舟に乗って南詔国へ来てしまったのでもあるかのような、妙におちつきのわるい気持がする。ふわふわと自分が軽くなったような気持がする。しかし見方によっては、それは自分という桎梏《しっこく》をふりはらって新たな自由の境地にあそんでいるかのような、さばさばした気分に通じていなくもなかった。このさばさばした気分、それをたのしめばよいのだと親王は楽天的に考えた。

ふもとに近づくと、とある岩かげにかくれて一つの洞窟があり、その洞窟の前に、なにやら極彩色をした鳥の死骸のようなものの落ちているのが親王の目にとまった。そばへ寄ってみると、鳥ぜんたいの死骸ではなくて、鳥の羽根の部分だけである。左右一対の翼で、人間が身にまとうこともできるほどに大きく、暗青色をおびてきらきら光っている。いつか真臘国の後宮で見た、色さまざまな鳥の下半身をした女たちを親王はとっさに思い出した。しかしここに落ちているのは鳥でも女でもなく、あくまで中身の欠けた脱けがら、羽根のみである。親王はそれを手で拾いあげようとした。手でふれると、意外なことに、それはしっとりと濡れていた。

そのとき、ふとうしろにけはいを感じて、洞窟のほうをふり向くと、いましも洞窟から出てきたらしいひとりの子どもがそこに立っていた。そして親王がふり向いたとたん、子どもは身をひるがえして、たちまち洞窟の中にはしりこんだ。半裸体の子どものすがたを一瞬、親王は目のはしに認めたと思った。髪の毛の長いところを見ると女の子であろう。年は十五ぐらいか。空にはさんさんと陽が照っており、あたりはしんとして、まるで一瞬の白昼夢のごとくであった。

親王は好奇心をおこして、岩かげの大きな樹のうしろに身をひそめると、ふたたび子どもが出てくるのを待った。きっと出てくるにちがいない。なぜなら、あの鳥の羽根をたぶん子どもは取りにきたのだろうから。そう思っていると、案の定、女の子はあたりに気をくばりながら、ふたたび洞窟の入口からそろそろと首を出して、さっと鳥の羽根に駆け寄るなり、両手でこれをかかえて、大いそぎで洞窟の中へ逃げもどった。

親王はそれを見て、およそ次のように推理をめぐらした。すなわち、あの鳥の羽根はしとどに濡れていたので、女の子はそれを乾かすために、陽の照っている外の地面に置いて風にさらしていたのであろう。しかし、ああして置きっぱなしにしておいたのでは、だれに持って行かれるかも分らないので、心配になって取りにきたのであろう。親王が持って行ったのではないかと、しばしのあいだ、女の子は洞窟の中で気が気ではなかったはずだし、洞窟からふたたび首を出したときには、まだ無事にそこに置かれているのを見て、ほっとした思いを味わったにちがいない。女の子にとって、あの鳥の羽根はよっぽど大事なものと見えるから。

岩かげにくろぐろと口をあけた、奥ぶかい洞窟を透かして見ながら、その内部へ踏みこもうか踏みこむまいかと親王はしばらく思案した。やがて意を決して、うすあかりの入口に用心ぶかく一歩を踏み出した。

ものの十歩もすすめば、洞窟の中は背後の陽の光を絶たれて、それからは鼻をつままれても分らぬほどの闇となる。岩の壁を手でつたわって行くうちに、湿った道はあがったりさがったり、右に折れ左にまがって、もはや方角もしかとは分らず、外界の音もめったに聞えぬほどの地の底深くへ誘いこまれてゆく。いくつか階段の踊場のようなところを通りすぎて、だいぶ深くへ入りこんだと思ったころ、闇のかなたにぽっちり一点の光を認めて、親王ははっとした。音のしないように用心しつつ、その光をめざして一歩一歩すすんだ。岩の壁に、ようやく人間ひとりが身をかがめて通りぬけられるほどの穴がうがたれており、どうやら光はその穴の向うからさしてくるようであった。

その穴に目を近づけて、つい穴の向うを眺めると、光と見えたのは焚火の火であった。そこはかなり広い岩屋で、まんなかに焚火が燃えており、岩屋の奥の壁に背をもたせかけて、鳥の羽根をまとった女の子がすわっていた。あきらかに火と体温で、鳥の羽根の吸いこんだ湿気を乾かそうとしているもののごとくであった。ときどき女の子が両手をあげて、ゆさゆさと重い羽根をうごかすと、その大きな影が蝙蝠《こうもり》の舞うように、岩屋の壁にうつってちらちらした。

親王がじっと目をこらして見ていると、火の加減で、それまではっきり見えなかった女の子の顔が、まともにあかるく照らし出された。それとともに、親王は思わず目を疑って、口の中で声にならないことばを発していた。

「秋丸じゃないか。おまえ、どうしてここに。」

実際、見れば見るほど女の子は秋丸によく似ていた。秋丸そのひとではないかと何度も親王は思いかけたほどである。いや、これが秋丸でないとはとても信じられない思いだった。夢でも見ているような気分で、親王はわれにもなく女の子のいるところへ近づくために、思いきって身をちぢめて壁の穴を通りぬけようとした。しかし、それはとても無理だということをただちに思い知らされた。肩も腰もほっそりした少女でなければ、こんな狭い穴を自由に通りぬけることはできっこない。親王の男の肩幅では、まずもって通りぬけは無理だったのである。

壁の穴から親王がいきなり首を出すと、女の子はおびえて、意味の分らぬ叫びをもらしつつ、いよいよ反対側の壁にぴったり身を寄せるようにした。それだけでも女の子が秋丸でないことは明瞭であったのに、親王にはまだそれが信じられず、最初の思いこみが容易には捨てきれないのだった。通じるかどうかは分らぬながら、親王は唐音で壁の穴越しに話しかけてみた。

「こわがらなくてもいい。わたしはおまえに危害を加えるつもりは少しもないから。危害を加えようにも、こんな狭い穴では通りぬけられやしない。それより、わたしはおまえを知っているような気がして仕方がないのだよ。おまえにそっくりな娘が広州以来、わたしの身辺の世話をしてくれていた。もしや、おまえには子どものころ離れ離れになった双子の姉、あるいは妹がいはしなかったろうか。」

しかし女の子はきょとんとしているばかりで、まるで親王のことばを解しているようには見えず、それどころか、洞窟の中で見知らぬ男から声をかけられたことに、ますます不安をおぼえはじめたようすでさえあった。

壁の穴をへだてて、ふたりはだまって向き合ったまま、ほのかな焚火のあかりで、たがいに相手をちらちらと観察し合っていた。それがどれくらい長くつづいたことか。女の子は一時の興奮が去ったと見えて、前ほどは恐怖心をあらわに示さなくなったものの、それでも親王に対して気を許しているとは思われず、相変らず緊張の姿勢をくずさない。それをじっと見ていると、親王にはじれったいような気がしてくるほどだった。

やがて女の子は極度の緊張による疲労のせいか、精も根もつきはてたといったけしきで、壁によりかかった姿勢のまま、こくりこくりと居眠りをはじめたので、親王はさらにおおっぴらに、奇妙な鳥の衣裳をつけた女の子の顔をよく観察することができるようになった。緊張がゆるんで笑ったような顔になった女の子の寝顔を見ていると、親王の混乱したあたまには、さまざまな思いが雲のごとくに湧いては消えた。

そういえば秋丸はたしか羅羅人《ローロー》の血をひいていると、あの博学な円覚がひそかに断言したものだったが、その特徴はこの子の顔にも歴然とあらわれているな。羅羅人の特徴とされる、この杏仁形《きようにん》に刳《く》りぬいたような目、これは秋丸の目そのものだといってもい い。まなじりの水平なところ、これも秋丸にそっくりだ。もとより南詔国は羅羅人の多く住む国だから、ここに秋丸に似た女の子がいたとしても一向にふしぎはあるまいが、それにしてもこのふたり、あまりにもよく似すぎている。さっきも思わず口にしてしまったが、ひょっとすると、ふたりはそれぞれ双子の姉妹の片割れで、どういう事情によってか、生れおちるとともに離れ離れにされて育てられたのかもしれない。秋丸は不幸にして奴隷に売られ、各地を転々としたらしいが、この子はもっぱら雲南で育ち雲南で少女となったのかもしれない。いや、きっとそうにちがいない。げんにこうして見ていても、そんなはずはないとは知りながら、どうしてもこの子は秋丸だとしか思われなくなってくる。それほどよく似ている。そうだ、この子は秋丸の姉妹だから春丸だ。これからは春丸と呼ぶことにしよう。ああ、この春丸をつれて、いつか秋丸の待っているところへ帰ることができたとしたら、どんなにこころたのしいことでもあろう。安展や円覚が、どんなに目をぱちくりさせておどろくことでもあろう。秋丸と春丸とはたがいに相似の顔を見合わせて、それぞれいったいどんな反応を示すことだろうか。

親王の思いはそれからそれへと発展して、とどまるところを知らなかった。ふと気がつくと、いつしか焚火の火は消えて、あたりはまっくらになっていた。

そのとき、にわかに洞窟の内部に足音がみだれて、松明《たいまつ》を手にした男どもが数人、くちぐちに蛮語をわめきちらしながら、どやどやとこちらに近づいてきた。先頭の男のかざす松明にいきなりぱっと顔を照らし出されて、それまで目が闇に馴れていた親王はつい顔をしかめた。

男どもは南詔国の役人でもあるのか、尊大なしぐさで親王の面体をあらためると、次に壁の穴からあらあらしく松明をさしこんで、岩屋の奥にうずくまっている少女のすがたを難なく発見してしまった。男どもの足音を耳にしてから、すでに少女は目をさましていたらしく、おそろしそうに身をかたくして、鳥の羽根につつまれたからだを奥の壁にぴったり寄せていた。

少女のすがたを発見するとひとしく、男ども一同のはなった歓声から判断すると、どうやら彼らはこの少女をさがしもとめて、わざわざ鶏足山の洞窟にまで足をはこんだのではないかと推測された。喜べ、おたずね者がとうとう見つかったぞ。そんなニュアンスが、男どもの浮き浮きした声の中から読みとれたような気がした。

松明の火でおびやかされて、最後に女の子はあきらめたように穴から出てきたが、出てきたとたん、そこに立っている親王の胸にひしとすがりついたのには、かえって親王のほうがめんくらった。少なくともこの場で頼りになりそうなひとは、このひとのほかにはないと、女の子はとっさに思慮をめぐらしたのかもしれない。あるいはしばらくふたりきりで、闇の中で壁の穴をへだてて向い合っていたので、親王に対してそこはかとなく親しみに似た気持が芽ばえていたのかもしれない。親王はおぼえず感動して、女の子の細い肩を羽根の上からきつく抱きしめながら、

「どういう事情かは知らぬが、春丸、気をおとすなよ。わたしが力になってやるからな。」

するとと、男どもの中の隊長とおぼしき、皮の胴着をぴっちり着こんだ年かさの人物が、この親王の唐音を耳ざとく聞きとがめて、みずからも唐音で話しかけてきた。

「見かけたところ、この国の人間ではなさそうだが、あなたはこの娘とどういう関係にあるものか。きかせてほしいものだ。」

親王はわるびれずに、

「わたしは旅のもので、たまたまここで少女と会ったにすぎない。少女がどんな罪を犯したのか、少しも知らない。わたしは求法のために天竺へおもむかんとする日本の僧侶である。長安では、すでに大唐国の皇帝からお墨つきも拝領している。」

「すると、長安から来たのか。」

「いや、長安からまっすぐ来たのではないが、大唐国には二年あまり滞在したし、長安にも半年ばかり居を占めていたことがある。」

これを聞くと、男は急に態度をあらためて、親王に敬意をはらい出すようになった。ことばつきまで丁寧になり、へつらうような調子になって、

「さりとは存じませんでした。わたしは蒙剣英と申しまして、この国の王の遠い身内です。若いころ蜀の成都に留学しまして、いっぱし唐音を身につけましたが、恥ずかしながら長安の都には一度も行ったことがありませぬ。ところで、この娘のことですが……」

親王に寄り添うように、不安げに立っている少女を指さして、蒙と名のった男はつづけた。

「この娘は民間から召しあげられた宮廷専属の妓女で、とくに宮中の内宴のとき、鳥に扮して歌舞を演ずる役目のものでしたが、なんとしたことか、近ごろ教坊を無断で逃げ出して、ふっつり行方をくらましていたのです。しかし、ここでつかまったのが百年目、王城へつれて帰れば、きびしい詮議が娘を待っていることでしょう。おそらく耳を切られることを覚悟しなければなりますまい。」

「耳を切られる。それはまたどうして。」

親王があきれて大声を出すと、蒙は口のはしにうす笑いを浮かべて、

「それがこの国のいちばん簡単な刑罰だからです。しかしまあ、こんなはなしをしていたら切りがありませんから、ひとまずここを出かけましょう。わたしは王命により、この娘を湖畔の王城まで護送しなければなりませんが、よろしければあなたも王城まで、わたしどもと同道なさいませんか。馬や舟の用意がありますから、あるくよりはずっと早く行きつけます。」

王城へ行ってどうするという当てはまったくなかったが、ここで少女を見捨てるにしのびず、親王はあえて役人たちの一行と同道することにした。

洞窟を出ると、やけに陽の光がまぶしかった。どこから調達してきたのか馬が数頭、草を食みながら男どもを待っていた。蒙にうながされて、親王はためらわず馬に乗った。少女も乗った。はなやかな鳥の羽根をきたままである。これでは逃亡の罪でしょっぴかれてゆくすがたとは見えず、むしろ祭の行列に参加するいでたちというに近かった。子どものころから乗り慣れているためか、少女の手綱さばきは親王よりもはるかにあざやかであった。

いくたびも峠をのぼったりおりたりして、鶏足山のふもとの斜面を西へ西へとすすむと、やがて鏡のようにきらめく細長い湖水がかなたに見えてきた。洱海である。いつか見た濁流のトンレサップ湖とはあまりにもちがった、その美しい金波銀波のさざめく水のおもてに親王は思わず息をのんだ。ああ、近江の湖のようだなと思った。実際、正面に白雪をいただいてそびえる蒼山を中心とした、ひとつらなりの山なみに周囲をかこまれた洱海は、あの比叡や比良や伊吹の山々に取り巻かれた近江の湖といくらか似ているように見えないこともなかった。幼時から何度となく見てきた湖、とりわけなつかしい薬子の思い出とむすびついている湖のまぼろしに、こんなところでお目にかかろうとは思いもよらなかったので、親王は馬上で少なからず愉快な気分になった。

蒙が馬を近づけて、そのとき親王に語りかけた。

「銀蒼玉洱と申しましてね、蒼山と洱海を一望におさめた、このあたりの美しい風景は唐国にまで鳴りひびいています。また、あの鏡のような湖のおもてをのぞきこんで、そこに顔がうつらなかったときには、そのひとは一年以内に死ぬというい いつたえがあります。まあ、つまらない迷信のたぐいでして、わたしなんぞは信じておりませんがね。」

なだらかな坂道をトロットで一気に駆けおりると、すぐ目の前にひたひたと水のせまった湖があった。ここで一同は馬をおりて、湖水をわたるために舟に乗りこむことになった。空気を入れた皮袋をくくりつけて浮きにした筏で、四人以上は乗れないので、二艘の筏にそれぞれ分れて乗った。

舟がゆるゆると湖水のまんなかに出てゆくと、またしても親王のこころに、あの若かりし日の数々の思い出を秘めた琵琶湖のまぼろしが二重写しになって浮かんでくるのだった。しかし、ここでのんびり感傷にひたっている余裕はなかった。親王の前には蒙、うしろには少女がすわっていて、膝のつかえそうな狭い舟の中で、蒙がしきりに話しかけてきたからである。少女には唐音が通じないのを知っていたから、蒙は平気で少女の目の前で、本人のことを話題にしてはばからなかった。

「さきほど、この娘は民間から駆りあつめた宮廷専属の妓女だと申しあげましたが、もう少しくわしく述べれば、この妓女はかならずしも無差別に民間から徴募するわけではないのです。宮廷の妓女たるには、きわめて厳正な資格が要求されます。もとより美少女であることが必要なのは論を俟ちませんが、美少女であればだれでもいいというわけにはいかない。この国で古くから鳥舞《とりまい》と呼ばれ、宮中の内宴で演ぜられる品目の一つとなっている舞楽の舞い手たるには、それにふさわしい身体的条件がもとめられます。初夏の候、どうかして雷が頻々とはためくと、雲南の山で遊牧の生活をいとなんでいる女たちの中に、さそわれるように次々に雷に感応して、卵を生むもののあらわれることがあるそうですが、宮廷の妓女はもっぱら、これら卵生の娘たちの中から選ばれます。いや、選ばれるというよりも、こうして生れた娘の数はもともと寥々たるものなので、卵が生れたという知らせがあるとすぐ宮廷から役人がすっとんで行って、それらの娘を将来の妓女たるべく育てるよう、両親の同意をもとめるというのが実情でしょう。むろん、娘は宮中の教坊に閉じこめられて、徹底的な歌舞音曲の教育をほどこされます。よしんば両親がこれに異をとなえても、国家がそれを許すことはありますまい。」

卵ということばを聞いたとたん、親王の遠い記憶の底から、一粒の泡のように浮かびあがってくるイメージがあった。幼い日、よく添寝をしてくれた薬子が「そうれ、天竺まで飛んでゆけ」といって、簀子から暗い庭に向ってほうり投げた、あの何とも知れぬ小さな光りもののイメージである。そういえば薬子も自分は人間に飽きたから、来世には天竺で鳥みたいに卵から生れたいといっていたっけな。しかし天竺ではなくて、この雲南の地に卵を生む女がいようとは、いまのいままで知らなかったぞ。もしこの男のいうことが本当ならば、双子のようによく似た秋丸と春丸とは、同じ一つの卵から生れた姉妹ということにもなるのだろうか。親王はますますあたまが混乱して、とりとめないことを次々に思い浮かべた。

清の檀萃の『滇海虞衡志』巻六によれば、雲南に女の顔をした迦陵頻伽《かりようびんが》という鳥がいて、声は聞えるけれどもすがたを見ることはできないという。もし親王がこの記事を読んでいたら、ただちに連想がはたらいて、秋丸も春丸も迦陵頻伽の一類ではなかろうかと思ったところであろう。しかし残念ながら、さすがの親王もそこまでは思いおよばなかった。

自分のことが話題にされているのを知ってか知らずしてか、少女は無心の表情を浮かべて、舟の中でしきりに鳥の羽根をかいつくろっていた。まるで鳥そのもののしぐさであった。おそらく羽根がこんなに濡れてしまったのは、蒙のいうように少女が逃亡したとき、湖水を泳いでわたったためではなかろうかと親王は漠然と想像した。

蒙は語を継いで、

「雷がよく鳴る年もあれば鳴らない年もあり、また女の孕《はら》む力もかなり気まぐれなものですから、教坊は年によって妓女の候補生をにぎにぎしく迎え入れたり、そうかと思うと、ひとりかふたりの候補生で満足しなければならなかったりすることがあります。畑の作物と同じで、豊作の年もあれば不作の年もある。自然の理ですから、これは仕方がありませぬ。」

それでも親王は蒙のはなしに解せないものを感じて、首をひねりつつ、ひとりごとのように、こう口に出さずにはいられなかった。

「しかし雷が女を孕ませるなんて、そんなはなしはこれまで聞いたことがない。」

すると蒙は声をつよめて、

「そんなことはないでしょう。孔雀のような鳥だって、雷の鳴る音で孕むと、仏教の教典にちゃんと書いてあるではありませんか。それに、この南詔国の現在の王は第十一代の世隆というひとですが、この世隆の母がやはり雷に感応して子を生んだというのは、世上にかくれもない事実です。一説には、世隆の母は洱海で水浴中、龍にふれて感応したということになっていますが、雷というやつは女に近づくために、とかく龍に変身するものなのでしてね。龍も雷も、結局は女に対して同じ作用をおよぼすものにほかなりませぬ。」

親王のあたまには、秋丸と春丸のことがずっと離れずにあったので、さりげない風をよそおって、

「その雷に感応した卵の中には、ひょっとして双子を生む卵というのもあるだろうか。」

「双子を生む卵ですか。さあ、それは聞いたことがありませんね。もし双子の妓女に鳥

舞を舞わせれば、さぞや見ものだろうとは思いますがね。」

双子の話題に関するかぎり、蒙の答は冷淡なものだった。

やがて湖水の向う岸に、そびえる蒼山を背にして、山麓から湖畔までを占める堂々たる規模の王城、すなわち大理城が見え出した。舟が近づくにつれて、青石を屋根にふいた望楼だの、手長旗のようなものの垂れた城門だの、城門につづく覆道だのまでがはっきり見えるようになり、槍をもった衛兵のうごくすがたも手にとるようになった。陽に映える青石の瓦のために、ぜんたいが青く見える美しい城である。この城のほかにも、湖水の岸には仏塔や廟のような建物がいくつか中空にそそり立っていて、当時、ここでは仏教が思いのほかにさかんであるらしいことが知れた。親王はこころがなごんでくるのをおぼえて、

「なんという好ましいお城だろう。その世隆とかいう王さまは、あのお城の中にお住まいになっていらっしゃるのですか。」

「第六代の王異牟尋がここに都城を移してから、第十一代の現王にいたるまで、南詔国の王はいずれも大理城に住んでおられます。現王の世隆は変ったお方で、さきごろ二十歳の誕生日を迎えられたばかりですが、まだ御健在でいらっしゃる太后とともに、この城から外へはほとんどお出ましにならないほどです。」

「ほう。変っているとは、どういうふうに変っているのですか。」

「それはわたしの口から申しあげなくても、いずれ城中であなた自身が王さまとお会いになれば、まのあたりに納得されることと存じます。また、これは老婆心から申しあげることで、うるさいとおぼしめしたらお聞き捨てねがいますが、もしあなたがこの娘、逃亡の罪によって耳を切られるはずの、この娘を救ってやりたいとお考えになっていらっしゃるのでしたら、王さまに直訴するのがもっとも有効な方法ではあるまいかと愚考いたします。なぜかというに、王さまはつとに大唐国に心酔していらっしゃって、たくみに唐音をあやつるもの、長安のありさまを見てきたように語るものには、ついつい惹きつけられてしまうという弱味をもっておいでだからです。あなたのきれいな唐音こそ、この国では、なににも増して力づよい武器だとおぼしめせ。さあ、舟が岸につきます。」

舟からおりる前に、親王はふと何の気なしに、舟ばたに首をのばして、鏡のように澄んだ湖水のおもてをのぞいてみた。すると、自分の顔がうつっていない。ほかのひとの顔ははっきりうつっているのに、自分の顔だけがうつっていない。何度のぞいても同じことである。蒙のいうところによれば、湖水に顔のうつらぬものは、一年以内に死ぬという。迷信だとは思いながら、親王はどきりとした。

着岸の仕度で舟の中はあわただしかったので、このことにはだれひとりとして気がついたものはいないらしかった。親王はこのことをだれにも明かさずに、おのれの胸にふかく秘めておこうと思った。

岸にあがるや、少女はただちに役人たちに引きたてられて、親王とは別の方向につれて行かれることになった。たぶん牢に入れられるのであろう。別れるとき、悲しげに親王のほうを見かえした少女の顔が、いつまでも親王のこころから消えなかった。

王城には、外国の旅行者を迎えて宿泊させるための施設があって、ひとまず親王はそこへ収容されることになり、その夜はひさびさに寝台の上で眠った。少女の身の上が気にならぬではなかったが、疲れていたのですぐ眠りに落ちた。

その夜の夢に、親王は秋丸と春丸とが手をとり合って、古式ゆかしい鳥舞を舞うシーンを見た。崑崙八仙は四人で輪になって舞うが、この鳥舞はふたりで舞う。それだけに急調子である。見ているうちに、めまぐるしく回転するふたりのうちのどちらが秋丸で、どちらが春丸かはまったく分らなくなって、親王はほとほと閉口した。

「どちらが秋丸じゃ。返事をしてくれ。」

親王がいらだって問いかけると、ふたり声をそろえて、

「おう。」

「春丸はどちらじゃ。返事をせい。」

またしても、ふたりそろって、

「おう。」

ついに親王があきらめて口を閉ざすと、ふたりはぴたりと舞いのうごきをとめ、一羽

の鳥のように顔を見合わせて、けらけらと笑った。

その翌日、親王が城中の一室で目をさますと、はやくも蒙剣英が戸をたたいて、とぼけた顔をひょっくり突き出すなり、

「朝の儀礼がはじまりますよ。なにはともあれ、ちょいと王さまのお顔を拝しておいてはいかが。」

蒙にみちびかれて、寝ぼけまなこで城中の廊下をあるかせられて、たどりついたところは途方もなく広い儀礼の間であった。すでに群卿百僚がそこにひしめき合っていたが、あまりにぎっしり詰めかけているので、うしろから爪先だって首をのばしても、はるか前方の玉座にすわっている若い王の顔はよく見えない。ただ、その面色のあやしいまでに蒼ざめているのが、親王の目にもかろうじて弁じられたにすぎなかった。

王の玉座のうしろには、皮の胴着をきて腰に長剣をおびた頑丈な男が八人、立ったまま、周囲にらみをきかせていた。蒙が耳うちしたところによると、これらは王の身辺を護衛する羽儀長という官職のものだそうである。また、見るからに唐人らしい髭をはやし、でっぷりした体軀を唐服につつんだ初老の男が、王の右手の椅子にゆったり座を占めていたが、これは宰相にあたる清平官という官職のもので、とくに現在では若い王

の摂政をつとめている実力者ということだった。そのほかにも、いろいろな官職やら官名やらを蒙がいちいち説明におよんだが、そういうものにさっぱり興味のない親王にとっては、それらの名前はただ耳の前を素通りしたにひとしかった。

「ところで、王さまをどうごらんになりましたか。」

儀礼の間をしりぞいてから、待っていたように蒙がこう質問したのに、親王はどう答えてよいか分らず、

「なにしろ遠くてよく見えなかったものですから。ただ、ひどくお顔の色が蒼かったことを印象にのこしているくらいで。」

蒙は声をひそめて、

「近ごろ、王さま御乱心の噂がありましてね。あのお顔の蒼さも、生れついてのものとはいえ、それと関係があるのではないかとわたしはにらんでいます。しかし、あなたが逃亡した妓女の件で王さまに直訴するには、これはむしろまたとないチャンスというべきでしょう。王さまはかねがね仏教の慈悲心を示したいものと、ひそかに時節をうかがっていたようなふしが見られますから、あなたの訴えにはきっと喜んで飛びついてきます。御乱心のせいで涙もろくなっておいでですから、飛びついてくる可能性はいよいよ高いはずです。このチャンスをのがすべきではありませんね。」

蒙が熱心に親王を焚きつけるのは、そもそもどういう魂胆あってのことか、理解に苦

しむところがなくもなかったが、もともと親王はそういうことを気にするたちではなかった。もしかしたら蒙は、あの少女に気があるのではないかとも思いなされたが、それも自分にはかかわりのないことで、ふかく考えるにはおよばぬことだった。

こうして何日かすぎたのち、親王が手持ち無沙汰にぼんやりしていると、そこへ蒙が息せき切ってやってきて、

「いまこそチャンス到来です。王さまはひとりで離れの陳列室にいらっしゃいます。行ってごらんになったらいかが。」

蒙に教えられて、丸窓から湖水の見える長い廊下をわたって、離れの一角にある陳列室とやらに行ってみると、ひとのけはいはなく、そこにあつめられた異様な蒐集品がまず親王の目を打った。

拷問道具かと見まがうばかりな大きな四角い枠に、大小さまざまな鐘をぶらさげた青銅製の編鐘《へんしょう》。長方形の鉄板をぶらさげた方響《ほうきょう》。石あるいは玉《ぎょく》の三角板をぶらさげた磬《けい》。いずれも楽器であるが、硬質の重々しい金属や石でできているために、打ち鳴らされる音も硬質の、重々しい、ひとのこころを引き裂くような音ではないかと疑われる。楽器はそのほかにも、太鼓や琴や横笛や笙《しょう》のたぐいがあった。また、積年の埃をかぶって立っている、木製の人形のついた古い指南車だの、記里鼓車だの、天体を観測するための道具とおぼしき機械だのもあった。

正面の壁にずらりとならんでいるのは歴代の南詔国王の肖像画で、初代から十一代まで、同じ高さに掛けつらねてあり、いずれもいかめしく髭をはやし冠をかぶったすがたを絹の画中に示していたが、どうしたわけか、第十一代目の現王の肖像画のみはめちゃくちゃに傷つけられ、顔の判別もつかぬほどに引きちぎられていた。その傷の意外に新しいのを見て、もしかしたら、これは乱心の王みずからが狂気の発作とともに傷つけたのではあるまいかと、ふっと親王は思った。

無残に傷つけられた肖像画の前に立って、親王がしばし茫然としていると、うしろに足音がして、いつのまに近づいてきたのか、蒼ざめた顔の若い男があらわれた。問うてみなくても、これが現王世隆であることは疑いもなかった。その齧歯《げっし》類の小動物のような弱々しい表情の裏にあからさまに透けて見える、なにものかへの一途なあこがれのこころに、親王は一目見て、痛ましいものを感じずにはいられなかった。

若い王は親王の顔をまじまじと見つめていたかと思うと、みるみる満面に喜色をあらわして、

「ああ、負局《ふきよく》先生、あの日のわたしたちの約束を忘れずに、とうとうここへいらしってくださいましたか。こんな嬉しいことはございませぬ。」

ほとんど嬉し泣きに泣き出さんばかりの調子なのに、親王はあっけにとられた。負局先生とはなにか、道家の典籍にくわしくない親王には、さっぱり分らなかった。いや、

かりに『列仙伝』あたりに目を通していたとしても、ここになぜ負局先生の名前が出てこなければならないのかは、さらに分らなかったにちがいない。なんとも返事のしようがないので、親王がだまったままでいると、つと王はうしろをふり向いて、かん高い声で、

「おかあさま、おかあさま。」

呼ばれて出てきたのは太后、すなわち世隆の母であった。太后とはいえ、まだ四十にみたず、全身黒ずくめの衣裳を丈長くきて、すらりと立ったところは堂々あたりを払う貫禄である。思いがけない人物の出現に、親王はちょっとばかり勝手がちがったような気がして、へどもどした。これが洱海で水浴中、龍にふれて感応したという噂のある女かと思うと、畏敬の念をいだいてもよいような気さえした。しかし太后はそこにいる親王の存在などを歯牙にもかけず、ただ親王のほうにかるく形ばかりの会釈をしたのみで、気づかわしげにすぐ息子のそばに近寄った。息子はその母に向って、

「おかあさま、喜んでください。負局先生が来てくださったのですよ。ほら、わたしが成都に滞在中、先生とお会いしたはなしは前にお聞かせしましたっけね。先生は鏡をみがく手わざにかけては傑出した天才でいらっしゃるし、人間のこころの病いを癒すすべも知悉しておられますから、もう大丈夫です。手に負えないわたしの病いも、先生のお力できっとよくなることと思います。ああ、ほんとうに嬉しい。」

そういうと、王は興奮のあまり、その場にがっくり膝をついて、くずれるように床に突っぷしてしまった。そのまま気を失ったようであった。

おそらく毎度のことなのであろう、太后はそれほどあわてたようなようすも見せず、たわいなく床にのびてしまった息子を上から見おろして、ほそい眉をひそめると、ただ一言、

「困ったものです。」

それから初めて親王の顔をまともに見て、

「あなたがどなたかは存じませぬが、息子がああいっているのですから、ここではどうか負局先生としてふるまっていただきたく存じますわ。よろしいことね。」

「はい。」

だめを押されて、親王もつい返事をしてしまったが、割りきれない気持はかくしようもなかった。さすがに太后もそれに気がついたと見えて、事情を説明するつもりか、

「息子の病いは、もとはといえば、あれが原因なのです。」

そういいながら、陳列室のすみに足をはこんで、そこに置いてある二つの器物の覆いを、片手をのばしてぱっと剝ぎとった。布の覆いを剝ぎとられたそれは、人間の背丈ほどの高さのある木製の台で、台の上には直径三十センチばかりの白銅の鏡が架けてあり、それが二つ、一メートルほどの間隔をおいて向い合っていた。

「この二つの鏡は二百年ほど前、大唐国の公主が当地の王のもとに降嫁されたとき、嫁入り道具の一つとして長安から持参したものですが、いつからか、これが息子の恐怖のまとになってしまったのです。鏡をのぞけば、その中には自分の影が見える。自分がふたりになる。それがおそろしい。それでものぞかずにはいられないと、息子はつくづく申します。このごろでは、鏡をのぞくたびに、自分とそっくりな男が鏡の中から抜け出してきて、自分の前にぬっと立ち、やがてけむりのように消えてゆくとも申します。二つの鏡のあいだに立てば、自分の影はさらにふえて、その数は想像もおよばなくなることでしょう。それがおそろしい。それでものぞかずにはいられないのだそうです。わたしの目をぬすんでは、息子はこの陳列室にしのびこんで、日がなひねもす、鏡を相手に気ちがいじみたふるまいのかぎりをつくしております。」

太后がことばを切った瞬間を見はからって、親王は気になっていたことを質問した。

「王さまはわたしを負局先生とお呼びになりましたが、これはいかなる人物と考えればよろしいのでしょうか。」

「息子は数年前に成都にあそんだとき、そこで道家の神術を能くする一先生にお目にかかったと申しておりまして、それが負局先生なのでございます。先生に鏡をみがいてもらえば、もう鏡はみだりに自分の影をふやしたりすることはあるまいと、ひたすら息子は信じているようなのでございます。」

ここまで太后が語ったとき、床の上で気を失っていた王はようやくわれにかえって、よろよろと立ちあがるなり、覆いを取りはらわれた鏡に気がついて、そのそばへ行くと、

「先生、見てください。ほら、またわたしの影が鏡の中から抜け出します。ほら、そこに立っています。あ、消えました。あ、今度は向うから。ええ、執念ぶかいやつだ。どうしてくれようか。」

鏡と鏡のあいだに立って、ものに憑《つ》かれたように目を血ばしらせ、あやつり人形のように手足をばたばたさせている。その息子のすがたを見るに見かねて、太后は親王をかえりみると、

「先生、このありさまです。いつもきまってこうなのです。なんとかしてくださいませ。」

なんとかしてくれといわれても、負局先生ではない親王に格別の策があろうはずはなかった。親王はしばらくだまって、若い王の狂態をじっと見つめていた。そのうちに、ふっと親王のこころに一つの策が思い浮かんだ。成功するかどうかは分らない。賭けのようなものである。ともかくやってみようと親王は思った。

疲れてうごきのにぶくなった王の片腕をつかむと、親王はそっと王を手前へ引き寄せて、

「王さま、これからわたしが鏡に封印の法をほどこしますから、どうかこちらでごらん

になっていてください。よろしいですか。」

王をわきに立たせておいて、親王は一歩すすみ出ると、みずから鏡と鏡のあいだに身を置いた。そうして鏡の中を、思いきってのぞきこんでみた。うつるか、うつらぬか。はたして、鏡の中に自分の顔はうつっていなかった。数日前に舟の中から湖水をのぞきこんだときと同様である。やっぱりそうだったのか。すでに自分には影が失われているのだということを、ここであらためて確認するかたちになった。それでも、そんな自分の気持はおもてにあらわさず、あくまで負局先生になりすまして、親王は演技をつづけながら、

「いかがですか、王さま。鏡の中にわたしの影は少しもうつっておりませぬ。影はすっかり封じられました。」

親王の顔のうつっていない空白の鏡面を、わきから食い入るような目で眺めつつ、王はうすく口をあけたまま、ぽかんとしていた。あまりに大きな衝撃のために、なにも考えることができなくなっているらしかった。

親王はさらに両手で、二つの台の上から二枚の鏡を持ちあげると、それぞれの鏡面を内側にして、その二枚をぴったり重ね合わせて、

「そら、こうしてしまえば影は永久に封印されて、もう二度とこの世にあふれ出ることはできなくなります。影は光を絶たれて、ことごとく闇の中で死んでしまいます。太后

陛下、おそれいりますが紐を持ってきてくださいませぬか。この二枚の鏡、こうして重ね合わせたまま、きりきりと紐でしばってしまいましょう。」

親王の手で二枚の鏡に紐がかけられてゆくと、蒼ざめた王の顔に、それでもほっとした表情が浮かび、長いこと忘れていた安らぎの色がひろがるのだった。王は太后をかえりみて、しみじみした口調で、

「ごらんなさい、やっぱり負局先生でしたね。わたしが最初に思った通りでした。」

それから十日ばかりすぎたのち、親王は春丸とふたりで馬に乗り、伊洛瓦底河《イラワジ》の支流の瑞麗江に沿って、雲南からビルマへの山道をたどりつつあった。

南詔国の王も太后も、あの鏡の封印の日以来、親王にはすっかり心服していたから、春丸の罪一等を減じて、その身柄を自分の手に引きわたしてほしいという親王の訴えに対しては、なんらの異存もなかった。親王のような人徳すぐれた碩学《せきがく》が国内にとどまってくれたらどんなに喜ばしいことかと、王はみずからの気持を切々とつたえたが、もとより親王の渡天の悲願をひるがえさせることはできなかった。ついに王はあきらめて、山を越えてアラカン国へ帰ろうとする親王と春丸のために、耐久力のあることで名高い雲南の馬を二頭、提供することを申し出た。親王は感謝して、この贈りものを受けた。

「耳を切られないでよかったな、春丸。」

親王が馬上から声をかけると、

「はい、みこのおかげです。」

とみに語学も上達して、春丸はすでに親王とのあいだに、これくらいの簡単な日常会話なら交わすことができるようになっていた。親王の侍童になってから、もう鳥の羽根はきていない。男の子の服装をしている。

「安らぎの国よ、さらば。平和の国よ、さらば。死の国よ、さらば。」

春丸とともにいよいよ南詔国を去るとき、はるか眼下に洱海の光って見える山の尾根で、親王はだれにいうともなく、こうつぶやいた。なぜか、こころの中には悲しみがいっぱいだった。

瑞麗江に沿った山間の道はむかしから商人の往来も多く、ことに美しい河や谷の風景がよく知られているが、それでも慣れない旅人がここを通りすぎてゆくのに困難がないわけではなかった。鬱蒼たる森の中には野獣もいるし蛇もいる。うかうかしていれば剽《ひょう》悍《かん》な蛮族に襲われる危険もある。南国とはいえ三千メートル級の山々のつづく地帯だから、寒さに対する配慮も必要である。急な崖から馬もろとも転落する危険もある。とても平地を行くような心やすさでは、この山道を踏破することはおぼつかなかった。蛇をよけるために、親王は得意の笛で還城楽《げんじょうらく》を奏しながら馬をすすめることにした。

あの大理城の陳列室に飾ってあった古代の笛で、これも王が餞別として親王にくれたものだった。古楽の還城楽は胡人が蛇を食うさまを写したといわれており、そのためか、この曲には毒蛇を退散させる力があると信じられている。親王はかならずしもそれを信じているわけではなかったが、南国の密林に馬を打たせながら、寛々《かんかん》と古代の笛を吹いてみたいという気まぐれを押さえることができなかった。

その日も笛を吹きつつ馬をすすめていたが、ようやく陽も落ちかかって、山なみの果ての西の空があかあかと染まるころ、やや気落ちしたような感じをおぼえて、親王は笛を腰の帯にさしたのだった。笛をやめると、あたりが急に森閑として、めったにないことだが、いやにさびしさが身にしみるように感じられる。これは風景そのもののさびしさなのか、それとも自分のこころから出てきたさびしさなのかと、あやしみながらぼんやり考えていると、向うから二頭の馬に乗ったふたりの旅人の近づいてくるのが見えた。夕陽を浴びた逆光線だから、そのふたりの旅人の顔やすがたまではよく見えない。よく見えないままに、だんだんこちらへ近づいてくる。とうとう路上ですれちがうことになったが、すれちがう瞬間、そのふたりを見るともなしに見やると、顔かたちはもちろん、着ているものから所持しているものまで、親王と春丸にそっくりそのままで、寸分もちがわない。こちらのふたりづれと向うのふたりづれとは、まさに瓜ふたつのカップルであった。親王はどきりとしたが、なに食わぬ顔でふたりを行きすぎさせた。そして時をうつさず、馬上から首をめぐらしてみると、もはやふたりのすがたは馬とともに、けむりのように路上から消えうせていた。

「春丸、おまえも見たか。」

「え、なんですって。」

とんちんかんな返事をするところを見ると、さっきから春丸にはなにも見えていないらしかった。


洱海のほとりからアラカン国の海岸まで、山また山のはるかな距離を神速の名馬でひたばしりにはしって、親王と春丸とが従者たちの待っているところへ帰りついたのは、ほぼ一カ月を要してのことだった。帰りつくと、ただちに安展が飛び出してきて、

「や、お帰りなさい。ずいぶんのんびりした御旅行でしたな。おお、秋丸もいっしょか。どこへ行ったのかと心配していたのに、とぼけたつらをして、みこといっしょにのこのこ帰ってくるとは、秋丸、おまえもよっぽどふといやつだぞ。」

てっきり春丸を秋丸と信じこんでいるもののごとくなので、親王が笑いながら説明におよぶと、安展はかえって狐につままれたような顔をして、

「おかしいな。じつは秋丸はもう十日ほども前に、ここから出て行ったらしくて、ふっ

つりすがたが見えなくなっているのです。ここには秋丸はいませんよ。」

今度は親王がびっくりする番で、あいた口がふさがらなかった。秋丸のやつ、わたしに断わりもせず、いったいどこへ雲がくれしたのか。しかし、安展や円覚とともにいくら待っても待っても、もうそれから以後、秋丸のすがたは二度とふたたび親王の前にあらわれることがなかった。どうやら春丸の出現とともに、秋丸は消滅したとしか思えなかった。鶏足山の洞窟から、秋丸は春丸に生れかわって出てきたとしか思えなかった。

真珠

あたかも植物の気根が壁の隙間にもぐりこんで亀裂を入らせるように、親王のこころに死の意識がじわじわとしのびこみはじめたのは、あの鏡のような洱海《じかい》の水面を舟からのぞきこんで、そこに自分の顔がうつっていないのを確認したときからのことだった。「湖のおもてをのぞきこんで、もしそこに顔がうつっていなければ、そのひとは一年以内に死ぬというい いつたえがあります。」あの蒙とかいった南詔国の役人のことばが、折にふれて親王の耳に幻聴のようにひびくようになった。といって、べつだん体力や気力のおとろえを感じはじめたとか、おのれの健康に自信をうしないはじめたとかいったわけではない。あくまでも漠然とした予感である。すでに三十年近く前に四十の賀を祝い、いままた三年後には七十の賀を祝おうという高齢に達している自分だから、いつ死んでもふしぎはないという気持もあるにはあった。父の平城帝は五十一歳で亡くなっているし、叔父の嵯峨帝は五十七歳で崩じている。空海和上ですら六十二歳で入定しているではないか。それにくらべれば、六十七歳の自分は生きすぎたという感もないではなかった。渡天のこころざし半ばにして斃《たお》れるのは無念だが、それも運命ならば仕方がないだろう。

「どうも近き将来、わたしは死ぬのではないかという予感がしてね。」

親王が笑いながらいうと、安展、さも心外だといわんばかりに、げじげじ眉をひそめて、

「そんな縁起でもないことをおっしゃいますな、みこ。これから天竺へわたるという大業が目の前にひかえておりますのに。御気性にも似合わぬ弱気をおこされましたか。」

親王は手をふって、

「いやいや、けっして弱気をおこしたわけではないよ。天竺へのあこがれは依然としてわたしの内部にあつく燃えたぎっている。ただ、むかしの高僧はいずれもおのれの死期を悟ったという。しかるに、わたしはまだまだ修行がたりないせいか、漠然とした予感のみで、はっきり自分がいつ死ぬかということが分らない。それが歯がゆいような気がしてならないだけさ。なんにせよ、わたしはもう六十七になるのだからね。」

「六十七におなりであれ七十七におなりであれ、みこはいつまでも若くおわしまさねばなりませぬ。そこがみこのみこたるゆえんです。そうでなければ、つねづねみこ、みことお呼び申しあげているわたしどもも、立つ瀬がありませぬ。」

「みこだから若くなければならぬという理窟か。これは無理無体なことをいう。理不尽

なことをいう。いかなわたしとて、そうそういつまでも若いというわけにはまいらぬよ。」

しかし、そうはいうものの、親王はどこから見ても七十に近い老体とは見えず、どう踏んでも五十代の半ば以上には見えない矍鑠《かくしゃく》ぶりだった。いましも背すじをぴんとのばし、快活に安展と談笑しながら、アラビア船の舷側を大股にあるきまわっている親王の颯爽《さっそう》たるすがたを見れば、これが一年以内に死ぬと予告されたひととは、たれあってとても思えなかった。

親王の一行はようやく機会をえて、アラカン国の港からアラビアの商船に便乗するや、季節風とともに師子国（セイロン）をめざしてベンガル湾を南下しつつあるところだった。在世中の仏が三度も訪れたという伝説のある師子国である。師子国までたどりつけば天竺はつい目と鼻の先だ。これでどうやら天竺へわたる方途が立ったかと思うと、一行はやれやれと胸を撫でおろしたい気持であった。もっとも、船の旅がまるであてにならず、かならずしもこちらの計画通りにいかないのは、これまでのたび重なる苦い経験が教えるところである。そうであってみれば、うかうかと安堵してばかりもいられない。せめて航海の無事を観世音菩薩にでも祈り、威神の力によって何とか天竺の岸辺にまで達することを念ずるよりほかはなさそうであった。

唐人が大食船と呼ぶアラビアの船は、唐船とくらべれば大きさにおいてかなり見劣りがしたが、その特徴的な戸立《とだて》造りの船首がいかにも堅牢な感じで、これならベンガル湾の激浪にもよく堪えるかと思われた。めずらしい三角の縦帆をぶらさげた主檣のほかにマストは全部で四本、それに船尾には船尾楼が塔のごとくそびえ立っていて、親王がこれまでに見慣れた唐船とはいちじるしく趣きを異にしている。乗組員もアラビア人だけではなく、波斯人（ペルシア人）や崑崙人（インド人）をふくんでいる。ものめずらしさに惹かれて、親王は子どものようにうろうろ船内をあるきまわっては、その都度、新たな発見を安展や円覚に告げるのだった。

ある夜、親王が眠られぬままに、つと船底を起き出して甲板に出てみると、折からのけざやかな月の光に照らされて、船尾楼の上でなにか観測めいたことをしている男のすがたが見てとれた。右手で重い金属の円盤のようなものを目の高さにかかげて、しきりに天空の一角をにらみつつ、左手でなにか操作をしている。しばらく下から見あげているうちに、好奇心に攻めたてられて、親王はこう質問せずにはいられなくなった。

「そこでなにをしていなさるかね。」

男はちらと下を見おろすと、事もなげに、

「星の高さをはかっているのさ。」

「星。」

「そう。くわしくいえば北辰星（北極星）と華蓋星（小熊座）だ。華蓋の二つ星の高さ

をつねに五指二角に保って船をすすませるのが、おれの技術の見せどころさ。船内でア
ストロラーベを自在にあやつることができるのは、はばかりながら、このおれだけだか
らな。」

謎のようなことばをもらして、男はなおも天空を一心ににらんでいる。親王、ますま
す好奇心をそそられて、

「わたしもそこへあがってよいかね。」

「ああ、かまわないよ。」

せまい梯子《はしご》をよじて船尾楼にあがってみると、アストロラーベという器具をあやつって星の高さを観測している男はまだ若く、伝法なことばづかいに似合わず、知的なつらがまえをしていた。あれこれ語らいつつ親王が聞き出したところによると、唐音をたくみに使いこなすが、男の生れは波斯国のイスファハンだそうで、かつてバグダードにあそんで天文暦数の理を修めたという。学問を資本にアラビア船に乗りこみ、東西の海を股にかけて往来しているだけに、弱齢にもかかわらずすこぶる博学で、よどみなく数カ国語をあやつるのには、親王もつくづく舌をまいた。このカマルと名のる若ものに親王はいたく好感をいだいたものだが、若もののほうでも、高貴な生れを想像させる、礼儀ただしく物やわらかな親王の態度に好ましいものをおぼえたらしく、その夜、すすんで胸襟をひらいて談ずるかに見えた。こうして両人はなしに熱中しているうちに、ふと気

がつくと、いつしか東の空がしらみかけているほどだった。

そのとき、船尾楼の上から見おろす夜あけの海面に、わずかに白い波を蹴たてて、なにか生きものらしきものが泳いでいるのに気がついて、おやと親王は目を見はった。人間ではなさそうだが、まるい坊主あたまが魚のものとは思われない。ときどき水中にもぐっては、またぽっかり浮かびあがって、ふうと息をついたりする。親王、思わず手すりから身を乗り出すようにして、

「あそこになにか泳いでいる……」

「え。なんだって。」

カマルも誘われて海面をのぞきこんだが、すぐつまらなそうに顔をあげると、

「海の上のことは、おれにはてんで興味がない。おれの興味は、もっぱら天空のことにかぎられているのでね。星が一つ飛んだだけでも、おれにとっては国家の転覆にひとしい重大な事件だが、たとえ海の怪物が波間から大挙してあらわれようとも、いっかなおれをおどろかすには足りないのさ。」

そういって、屈託なげにカマルはからからと笑った。それを見ていると自然に口もとがゆるんで、親王も大いに笑った。

海中を泳ぐあやしい生きもののすがたは、それきり船からは見えなくなったが、その日の昼さがり、はからずも親王はこれにふたたびお目にかかることになった。すなわち

船尾梯子に腰かけて、親王が南詔国の王から拝領してきた古代の笛を吹いていると、水のおもてが一個所、もくもくとふくれあがって、そこに坊主あたまの生きものが一匹、笛のしらべに誘われたかのごとく、ぬっと顔を出したのである。前にも似たようなことがあったので、このとき親王はさほどおどろかなかった。たまたま近くに春丸がいたので、手まねきして呼び寄せると、山国そだちでこれまで海というものを見たことがなかった春丸は、こわごわ親王の指さすほうを透かして見て、

「あれ、なんでしょう、まるで人間みたいです。気味がわるいったらない。」

親王、こわがる春丸をかばうように舷に立って、

「こわがることはない。わたしは前にも一度、あれは交州あたりの海だったろうか、これとそっくりの生きものが海中からあらわれるのを見たことがある。たしか現地のことばで儒艮《じゅごん》と呼ばれていたはずだ。たいそう知恵のある生きもので、人間のことばをおぼえる習性があることも、そのときに知ったものだ。こわがるにはおよばないよ。」

すると、そのことばが終らないうちに、海の上に胸までの上半身をさらけ出した儒艮が、ひたと春丸の顔を見つめながら、あからさまに人語を発して、

「おひさしぶりでございます、秋丸さま。わたしをお忘れですか。」

儒艮に見つめられたばかりか、思いがけずことばまでかけられて、春丸は恐怖のあまり面色蒼ざめると、わなわなふるえ出した。いまにもその場に昏倒《こんとう》せんばかりである。

しかし儒艮は委細かまわず語をついで、

「思えば、わたしにことばを教えてくれたのも秋丸さまでした。その恩義、かたときも忘れたことはございませぬ。もっとも、ことばをおぼえたおかげで、わたしは地上で一度は死ぬという運命をまぬがれるわけにいきませんでした。あの南の国の森の中で息たえたときの暑かったこと。いや、これはわざわざ説明するまでもありますまい。それもこれも、秋丸さま御存じの通りです。」

てっきり春丸を秋丸と信じこんでいるらしい口ぶりに、親王、見るに見かねて、横合いから口を出すと、

「おい、儒艮よ。いいかげんにしてくれ。この子は秋丸ではない、よく似ているが、雲南生れの春丸というものだ。山国そだちで海を知らず、おまえのような海の生きものをやみくもにこわがっているようだから、ここは一つ、さらりと引きとってくれぬか。正体をなくしている春丸にかわって、わたしからお願いする。」

儒艮はさもおどろいたように、しばらく春丸の顔をまじまじと見つめていたが、やがていわれたように音もなく、水の中にすがたをかくした。

儒艮のすがたが見えなくなってからも、まだふるえがとまらないらしい春丸に、親王は気づかわしげに、こうことばをかけた。

「どうしてそんなにこわがるのかね。あれはただの海に棲む生きものではないか。」

「でも、あんなに人間に似ている生きものは見たことがありませぬ。わたしが赤子のころから親しんできた雲南の洱海にも魚はたくさんおりますが、儒艮のように気味のわるい動物はとんと見あたりませんでした。それに、あの儒艮の口にしたことも気になります。たしか自分は一度死んだといっておりましたが、そうすると、あれは儒艮の亡霊ということになるのでしょうか。」

「うーむ、そのへんのことは、わたしにも何ともいえないな。」

「気になることは、みこ、まだあります。」

「ほう、まだあるのか。」

「はい。儒艮のはなしに出てきた秋丸さまについては、わたし、なにも存じあげませぬ。おそらくわたしとは縁もゆかりもないひとりでございましょう。それでも、どういうものか、遠いむかし、わたしは儒艮に会ったことがあるような気がしてならないのです。」

「なにをいう。あんな気味のわるい生きものは見たことがないと、いま口にしたばかりではないか。」

「はい。それはその通りで、たしかに生れてからのちは見たことがありませぬ。でも生れる前に……」

「生れる前に。」

「儒艮にいわれてみると、会ったことがあるような気がするのです。そういえば儒艮に人間のことばを教えたような気もいたします。前の世の記憶というのでしょうか。それともなにかの錯覚でしょうか。みこ、思いあたることがおありなら、どうかお示しくださいませ。」

そういわれても、この条理にかなわぬ現象を説明するに足ることばを、親王がよく見つけ出せるはずはなく、何とも返事のしようがないのは知れたことだった。

船は風波をたくみにあやなして、牙をむくうねりを乗りきりつつ、ベンガル湾を真一文字に南下しつつあった。しばらく前から、頭上で太陽は火の玉のように燃えさかり、暑熱はいよいよきびしさを増し、海は煮えくりかえるように温気を発して、いかさま緯度が極端に南へ近づいたことを示していた。乗組員一同、堪えがたい暑さにほとほと閉口して、みなみな衣服をかなぐり棄てると、すすんでふんどし一丁の半裸体になっていた。暑さに堪えて行儀よく衣服をぬがずにいるのは、船内で親王と春丸ぐらいのものであった。乗組員はいずれも春丸を男の子とばかり思いこんでいたから、かたくなにはだか身になることを肯じない少年の羞恥心を、無遠慮にからかって笑うこともしばしばだった。

夜になると、例のごとくカマルはひとり船尾楼にのぼって、アストロラーベを手に夜あけまで星の運行を眺めていた。満天の星である。ただし赤道に近づきつつあったので、北辰星は水平線の上にわずかに低く出現するのみで、すでにアストロラーベのためには役に立たなくなっていた。いまやカマルが目標とすべきは、もっぱら華蓋の二つ星であった。二つ星の高さによって、船の位置を知ることもできたし、師子国の近くにあることも容易に知れた。万古不易、天文に狂いはない。あと四五日もすれば、船は無事に師子国のトリンコマリ港に投錨することをうるだろう。おのれの技術がつつがなく、どうやら船を思い通りの方向にみちびいたらしいことを確認して、カマルは星あかりに白い歯を見せて満足そうに微笑した。

プリニウスが『博物誌』第六巻の中で、タプロバネと呼んでいるのが師子国である。プリニウスによれば、タプロバネは長いことアンチポデスの国、つまり地球の裏側と考えられていた。おそらく北半球から南半球へかけて、赤道のかなたにまで土地がひろがっていると考えられたのであろう。この国が島だということが証明されたのは、ようやくアレクサンドロス大王の時代になってからだという。プリニウスはタプロバネ島にいたく興味をいだいていたらしく、別の巻すなわち第九巻でも、世界でもっとも真珠を多く産する国としてタプロバネ島の名をあげている。プリニウスの提供する情報にしてはめずらしく、これは事実であって、げんにセイロン島では大きな真珠が獲れる。世に名高い真珠の産地といえば、古く漢の時代このかた知られた、海南島の北岸廉州の合浦《かっぽ》の海が思い浮かぶが、セイロン島もそれに劣らず有名で、たとえば法顕の『仏国記』にも「多く珍宝珠璣を出だす」とある通りだ。アレクサンドリアの商人コスマスの『キリスト教地誌』などを見ても、すでに六世紀のころから、セイロン島が絹、沈香、白檀、真珠などといった珍宝の取引される大交易地であったことが分るであろう。

ある朝、親王が安展、円覚、春丸とともに甲板をそぞろあるきしていると、右舷の水平線にあたって、はるかに島かげらしきものが見え出した。安展、ぱっと顔面に喜色をあらわして、

「おお、島が見えますぞ。遠目ながら、あれは師子国か。そうとすれば、長いあいだの苦労がこれで幾分なりとも報われたことになる。やれ嬉しや。」

円覚、考えぶかげに安展を制して、

「まだ喜ぶのは早いでしょう。島は島でも、師子国にしてはだいぶ小さすぎるようです。ひょっとすると鯨がむれをなして泳いでいるのかもしれませぬし、海中の岩礁がただ露出しているだけなのかもしれませぬ。浮かれめされるな。」

安展、たちまち気分をしらけさせて、

「円覚よ、おまえさんもよくよくあまのじゃくだな。なにもおれが喜んでいるのに水をささなくてもよかりそうなものじゃ。ええ、いまいましい。」

船が近づくにつれて、はたして円覚の危惧した通り、その島は師子国どころか、海面

すれすれにあらわれた小さな岩礁でしかないことが判明した。よく見ると、そのあたり一帯の海域に、同じような小さな岩礁がいくつも散らばっている。しかも、おどろいたことには、その岩礁の上に十数人の人間がいる。おそらくは崑崙人であろうか、色あくまで黒く、照りつける陽に黒い肌を光らせて、のうのうと岩の上に寝そべったり、海中の浅いところで水とたわむれたりしている半裸の男たちである。中には恥ずかしげもなく素はだかで泳いでいるものもあれば、近づいてくる船に向って気やすく手をふっているものもある。なにか叫んでいるものもあるが、もとよりそのことばは、親王の一行には到底理解しがたい鴃舌《げきぜつ》というほかなかった。カマルが舷にあらわれて、通訳を買って出てくれたのは、このときだった。

崑崙人の中のかしらとおぼしい男と、しばらく船の上からカマルは一問一答していたが、やがて親王のほうへ向きなおると、

「あの連中は真珠採りだそうだ。真珠の採取は師子国政府の独占で、民間人がこれを行うことは禁制となっているらしいから、あの連中はたぶん師子国の官に属するものではないかな。あるいは密漁者の一味かもしらんが、そこまではおれも聞いてみなかった。なにはさて、連中が海にもぐって真珠を採るところは、一見の価値があるはずだから、ひとつ頼んで見せてもらったらどうかな。」

長い航海で少なからず退屈しているところだったので、みなみな、この提案に異議の

あろうはずはなく、さっそく真珠採りのかしらに、真珠採取の現場を見せてほしいという要求を出すとともに、船長に声をかけて、しばらく船を沖がかりさせておくことにした。おそらく檳榔《びんろう》の実を噛んでいるからだろう、毒々しく赤い口をした真珠採りのかしらは、カマルの通訳で事情をのみこむと、その赤い口もとに悪魔のような不気味な笑いを浮かべながら、ただちに配下の男どもになにやら命令をくだした。そして、その丸木舟に三人と、岩かげから一艘の丸木舟がするすると繰り出された。そして、三人が三人、舟ばたかの男が乗りこんで、擢をこいで海のやや深いところまでくると、男どもが手に手に、何の役に立ら身をおどらせて次々に海中へ飛びこんだ。そのとき、男どもが手に手に、何の役に立つものか、つやつやと黒光りのする、ゆるやかに彎曲《わんきよく》した、長大なラッパのごときもの、あるいは牛の角のごときものを握っているのが見てとれた。

親王をはじめとして、舷側の手すりにならんだ一同、固唾《かたず》をのんで男どもの消えたあとの海面を見つめていたが、十分たっても二十分たっても男どもはふたたび浮かびあがってこない。いつまで見ていても海面には小さな渦すら巻かず、泡すら立たない。ついにしびれを切らせて、親王は隣りにいた円覚にこうささやいた。

「おかしいな。こんなに長く人間が水中で呼吸をとめていられるものかな。」

円覚はしたり顔に、

「連中が牛の角のようなものを手にしているのをごらんになりませんでしたか。あれがくせものです。わたしの見たところ、あれは犀の角ですね。」

「犀の角。」

円覚、ますます得意の鼻をうごめかして、

「わが国にはあまり知られていませんが、唐土ではつとに名高い道家の典籍に『抱朴《ほうぼく》子《し》』というのがあります。それによりますと、犀の一種に通天犀というのがあって、その角には一条の白線が通っているそうです。この角の一尺以上におよぶものに魚のかたちを彫りきざんで、その一端を口にくわえて水中にもぐるならば、水は三尺四方にわたって無くなって、だれでも水中でらくらくと呼吸ができるといいます。たぶん、あの連中は真珠採取のために、この道家の秘法をうまく応用しているのではないでしょうか。手品のたねは通天犀にあり。いや、きっとそうにちがいありませぬ。」

「うーむ、通天犀か。信じられないようなはなしだが、こうまで長く連中がもぐっているところをまのあたりにすれば、いやでも信じないわけにはいかなくなるな。」

おしゃべりをしているうちに、かれこれ四十分もすぎたかと見えたころ、水面にぶくぶくと泡が立ってきたので、一同、すわこそと目をこらして水面を見つめると、ラッパのように口に犀の角をくわえた男がひとり、またひとりと海中から顔を出して、右手で犀の角を口からはずすより早く、にっと笑った。その笑った口の中をのぞきこめば、ぴかぴか光る白い珠がいっぱいつまっている。真珠であった。男どもは真珠を口にふくめるだけふくんで、海の底からもどってきたのだった。檳榔の実の汁で真赤に染まった男どもの口に、白く光る珠はあざやかな対照を見せて映えた。

獲ってきた真珠の中のとりわけ大粒なやつを、かしらが慎重にえらんで親王にさし出した。おおかた祝儀をもらおうという下ごころからだろうが、幼時のころから珠玉をもてあそぶことを好んだ親王は素直に喜んで、それを掌に受けた。直径一センチ以上もあろうかと思われる大粒の珠である。ほぼ完全な球形をなし、青味をおびてつやつやと輝いている。いや、光線のかげんによっては露にぬれたように、うっすらと桃色に照って見えることもある。

親王、掌の上にころころと真珠をころがして、その変幻自在な色つやにつくづく見とれながら、

「なんとも神秘なものだな、自然がこんなに美しいものを生み出すとは。」

ときに、円覚がまたしても口をはさんで、

「みこの御意見に異をとなえるようで恐縮ですが、わたしはどうも、真珠のようにそれ自体で美しいものには、それだけ不吉なところもあるような気がしてなりませぬ。」

安展が皮肉な口ぶりで、

「おぬし、だまって聞いていりゃ、きいたふうなことをいうぜ。」

円覚はさわがず、安展の皮肉もどこ吹く風といった調子で、

「これもよく知られた道家の典籍の一つですが、つねづねわたしの愛誦している『淮南《えなん》子《じ》』の説林訓に次のような一節があります。すなわち、明月ノ珠ハ蚌《ぼう》ノ病ナレドモ我ノ利ナリ。虎爪象牙ハ禽獣ノ利ナレドモ我ノ害ナリ。蚌というのは貝の一種だそうです。わたしたちは見かけの美しさに目をくらまされているけれども、要するに真珠というのは貝にとっての病気にほかならないのですね。病める貝の吐き出した美しい異物、それが真珠です。そういえば修行中の釈尊を誘惑せんとした悪魔のむれも、美しい見かけの下に病めるこころをかくしていたのではなかったでしょうか。病気だから美しいのか、美しいから病気なのかはよく存じませぬが、この二つがどうやら相関関係を有しているのはまぎれもない事実のようで、わたしなんぞは、女人であれ花卉《かき》であれ器物であれ、あんまり美しいものを目にすると、つい警戒心をおこしてしまう。みこの掌の上の美しい真珠を見れば、これが将来、みこにわざわいをもたらすことになりはせぬかと、ついつい、いらざる心配をしてしまいます。わたしもよっぽど苦労性なのでしょうか。みこの御意見にあえて楯ついたのも、ただそれだけのことで、他意はありませぬ。」

円覚のことばを聞いているうちに、汚水の底から湧きあがるメタンガスの気泡のように、またもや親王のこころの表面にぽっかり浮かびあがってきたのは、ここしばらく忘れていた死の想念であった。「湖のおもてをのぞきこんで、もしそこに顔がうつっていなければ……」あの男の声が一瞬、海風とともに耳をよぎったような気さえして、親王は愕然とした。もしも円覚の懸念するように、この真珠がわざわいをもたらす不吉なものであるとするならば、遅疑するにはおよばない、すすんで真珠は海中に投ずるべきではないか。それでなくても一年以内に死ぬと予告された自分である。しかも渡天の悲願をまだ達成していない。せいぜい用心ぶかく不吉なものは身辺から遠ざけておくのが賢明ではないか。しかし、その反面、まったく逆の考えもあたまに浮かばないわけではなかった。すなわち、どうせ一年以内に死ぬときまった身ならば、不吉だからとて恐れることはない、この世にあるかぎり美しいものは大いに楽しむべきではないか。子どものころから、自分には美しい珠玉を掌中に玩弄して楽しむという癖があった。いま、はからずも手にすることのできた稀代の明珠を、よしんば円覚の忠言だからとて、どうしてむざむざ捨てることがあろうか。

そのとき、親王や円覚の懸念を吹きとばすかのように、安展の豪放な笑い声が舷にひびきわたって、

「釈尊降魔のむかしばなしまで持ち出すとはおそれいった。円覚よ、おまえさんもとんだところで、柄にもないほとけごころをおこしたものだな。悪魔のように真珠がわざわいをもたらすだろうって。美しいものと病めるものとは相関関係にあるって。なにをしゃらくさいことをぬかす。それならきくが、みこのおこころが美しいのも、おまえさんにいわせれば病めるおん身だからということになるのかね。」

これには円覚、うろたえて、

「いや、そんなことをいってやしない。わたしはただ、古典の教えを引用して、見かけの美しさがいかにあてにならないかということを……」

安展、高飛車に円覚のことばをさえぎって、

「わたしにいわせれば、みこのおこころが美しいのと真珠が美しいのとは、相似をなしてぴったり重なり合うね。美しさに差別ありともおぼえぬ。たとえそれが病気の結果だとしても、それはそれでいいではないか。考えてみれば、みこが真珠のような明珠をこよなくお好みになるのも、失礼ながら、まあ一種の精神の病気といえばいえないことはないかもしれない。とすれば、この真珠はみこの精神がこの世に生み出したものともいえるだろう。さればこそ、この二つは相似をなす。病気がなければ美しいものは育たないという古典の教えを、わたしはおまえさんのように、かならずしも悪い面でのみ解釈しようとは思わないな。」

語気ははげしいが、安展と円覚が侃々諤々《かんかんがくがく》の議論をするのは毎度のことで、いわばそれは一種のあそび、一種のスポーツのごときものとなっていたから、おのれ自身のことが議論の中心となっているにもかかわらず、親王は笑ってふたりのやりとりを聞いていた。死の想念といっても、それは親王にとって具体的なおそろしさをもって迫ってくるものではなく、あくまでぼんやりした予感だった。初めての経験を待ちのぞむ、むしろ

楽しいとさえいえるかもしれない予感だった。なるほど、安展のいう通り、この真珠はわたしの漠とした予感が生み出した、わたしを待っている死の結晶なのかもしれないなと親王は思った。

真珠採りのかしらは心づけをたっぷりもらって、えびす顔をして引きあげていった。沖がかりしていた船はふたたび出発した。

船がうごき出すとすぐ、それまでどこへ行っていたのか、すがたの見えなかった春丸が親王のそばへやってきて、ふるえる声で、

「真珠採りの連中はおとなしく引きあげましたか。わたしはあの連中のかしらがこわくてたまらなかったので、こっそり船底にかくれておりました。坊主あたまで小ぶとりのかしらが、何だか儒艮のように見えて仕方がなかったのです。」

親王は苦笑して、

「おかしなやつだな。おまえは前に儒艮を見て、人間に似ているからこわいといい、今度はまた人間を見て、儒艮に似ているからこわいという。わたしたちとちがって色はいささか黒いが、あの男だって、ふつうの人間とべつに変りはないではないか。それともおまえの目には、あの男が儒艮の人間に化けたすがたにでもうつったのかね。」

儒艮が人間に化けるというはなしは聞いたことがないが、古くから唐土には鮫人《こうじん》の伝説がある。わざわざ説明するまでもあるまいが、鮫人は海中に住むあやしい生きもので、

魚のかたちをして、ひねもす機《はた》を織る手をやすめない。泣けば目から真珠がこぼれ落ちる。ときに鮫人は人間のすがたとなって陸にのぼり、人家をたずねる。世話になった人家を去るにあたり、この涙珠を謝礼として置いてゆく。親王は円覚のように唐土の古典にそれほど通じているわけではないから、この鮫人の伝説をよもや知っていたとは思われないが、そのとき、春丸のうったえを聞きつつ、あたまの中に、まさに鮫人そっくりのイメージを思い浮かべていたのは事実だった。そういえば春丸のいうように、たしかにあのずんぐりむっくりした男には儒艮に似たところがなくもなかったな。もしかしたら、あの男は儒艮の化身だったのかもしれぬぞ。春丸にはだまっていたが、心中ひそかに親王はそう思った。

船中で、ひとびとが容易ならぬ異変に気がつき出したのは、それからまもなくのことだった。

信頼すべき水先案内人たるカマルの予想によれば、旬日を出でずして船は師子国の北岸に到着する予定だったのに、狂うはずのない天文がどう狂ったのか、カマルの予想をうらぎって、旬日をすぎてもなお船は茫漠たる大洋のまっただなかにあり、どちらを向いても師子国らしき陸地のかげすら見えないというありさまである。おのれの技術にうらぎられて、少なからず誇りを傷つけられたカマルは、目を血ばしらせて一晩じゅう星空をにらんでいたが、これまでになく、その星空も何となくもやもやとみだれがち曇りがちになって、あろうことか、一つの星が二つに見えたりする。流星がやたらに飛んで、目がちかちかする。カマルはくやしそうに、船尾楼の上であたまの毛をかきむしった。

天ばかりでなく海にも異変はおこって、そのうちには、これまでの航海中にも何度か見られたが、あつい霧が船のぐるりをすっぽり取り巻いて、昼でも空は夕ぐれのようにうす暗く、視界ことごとくさえぎられるようになってきた。しかもこのたびは前とちがって、霧の幕を切り裂くようにして霧の外へ出ても、依然として船は霧の幕の内側にいた。霧はいく重にもかさなっていたからである。霧の中を出るに出られず、船は迷路をすすむように、坐礁の危険を避けながら、のろのろとあてもなく堂々めぐりを繰りかえしているよりほかはなく、アラビア人の船長は遅々たる船のすすみ具合にいや気がさして、とうに船子たちを叱咤することもやめてしまい、ふてくされたように船底にひっくりかえって昼寝ばかりしていた。

ふしぎなことに、天や海の異変はただちに人間のあいだにも伝播するもののごとく、船中の男たちの中にも異常な行動を示すものが出てきた。

うんざりするほど蒸し暑い夜だったから、その夜、半裸の男たちは甲板に車座になって酒をのんでいた。そよとの風もなく、だまっていても汗が肌からしたたり落ちた。なにしろ船がうごかないので、酒の力をかりて放歌高吟でもするよりほかに、手持ちぶさたの乗組員には、これといってすることもなかった。だらけきった気分がみなぎっていたが、なにものかに急《せ》きたてられるように、車座の男たちが夢中でわめいていたのは、それぞれ無意識の不安を酔歌によってまぎらせていたのかもしれない。親王はいつものように船尾梯子に腰かけて、この男たちの陰気な酒盛りを見るともなしに眺めていた。

一時間もすると、それまでから元気でわめきちらしていた男たちも、にわかに興ざめしたのか、みなみな、むっつりとだまりこんで、甲板にあぐらをかいたまま、睡気がさしたように上半身をゆらゆら前後にゆすぶりはじめた。そのとき突然、ひとりの若い男が立ちあがって、舷の手すりに近づくと、油のように凪いだ夜の海をじっとのぞきこんだ。ほかの男たちもそれに気がついて、ぼんやり若い男のほうを見つめている。若い男はふりかえって、にやりと笑った。それを見て、ほかの男たちも無意味に笑った。それから若い男はふんどしをはずして素はだかになると、なんのためか、それを甲板の上にのこして、吸いこまれるように夜の海に飛びこんだ。

その夜、海に飛びこんだのは、この男だけではなかった。さらに十五分もすると、黙々として車座になっている男たちの中から、今度は別の男がつと立ちあがって、同じようにふらふら舷に近づくと、これもあっさり海に身を投げた。

三人目の男はやや変っていた。まず大あくびをしてから、目をこすりこすり立ちあがると、永いこと散歩でもするように甲板の上をあるきまわった。ふと思いついたように船尾梯子に近づいて、そこに茫然とすわっている親王の肩をかるく突つき、

「おい、ミーコ、くさくさしてやりきれないから、笛でも吹いて景気をつけてくれぬかな。」

ミーコというのは、船内のアラビア人たちが親王を呼ぶときの愛称である。このとき、親王ははっと夢からさめたような気持になって、いそいで船底まで笛をとりに行った。笛のことしかあたまに思い浮かばなかった。そして甲板へもどってみると、すでに男は海へ飛びこんだあとだった。

おかしなことに、この気まぐれな自殺者たちの行動を最初から最後まで車座になって眺めていたのに、ほかの男たちには、それを阻止しようという気がまるでないらしく、たれあって立ちあがりもしなければ声もたてなかった。ただ無気力にすわっているばかりである。ひとのことをいえた義理ではなく、親王自身にしても、なぜか全身にぐったりと虚脱感があって、とても立ちあがって助けにはしるなどは思いもよらず、ただ遠くから黙劇を眺めるように眺めていたにすぎない。三人目の男に肩を突つかれて、やっといくらか現実感をとりもどしたが、それでも自殺者の救助ということには少しも思いいたらなかったのだから尋常ではない。南海のあやかしが船ぜんたいに跳梁して、親王ばかりでなく、船中のだれもが正気をうしなっていたとしか思えなかった。

かずかずの徴候から、ここが魔の海域であることはあきらかだったが、脱け出そうと思っても容易に脱け出せず、船は相変らずそのあたりにうろうろしていた。極端に蒸し暑い夜には、きまって乗組員の三人ないし五人があやかしに憑かれて、みずから海中に身をおどらせた。それでも百人に近い乗組員を擁する船だったから、さしあたり人数がへって不自由するということはない。乗組員はみな、このことを話題にするのを避けた。親王は若い春丸をさとして、日がくれたらどうあっても甲板には出ないようにと、きびしくいいふくめた。

こうして五日ばかりすぎると、その夜はいくらか風も吹いて、波のうねりも高まり、死んだ海がようやく生気をとりもどしたかに見えた。まだうごき出すにはいたらないが、船はウォーミングアップでもするように小きざみにゆれていた。この分ならあやかしを恐れることもあるまい、もういいかげん大丈夫だろうと、親王は涼みがてら春丸をさそって、ひさびさに甲板に出て船尾梯子に腰をおろすと、雲南の若い王が贈ってくれた笛を吹きはじめた。龍笛に似たかたちの曲もない笛だが、竹も象牙も雲南は本場だから、年月とともに飴色の光沢をおびた、さすがにみごとな材料が使ってある。その音色も古代の霊気をおのずから発して、冷たく冴えた。あたかも南海の温気の中に一条の冷気をながすにひとしい効果をあたえた。

ひとしきり吹いてから、親王は虚脱したように口から笛をはなした。あんまり一心に笛を吹くと、口からたましいが抜け出すというつたえがあるそうだが、そんな感じがしなくもなかった。これはおかしい、また先夜のようなことにならねばよいがと、かたわらに目をやると、春丸が身をかたくして海のほうを見つめている。この子の神経質には慣れていたから、またかと思ったが、

「どうした。なにを見ている。」

きくより早く、春丸は右舷のかなたの海上を指さして、おびえたものの声で、

「あれあれ、あそこに船が……」

「なに。」

見れば、風に吹きはらわれた霧の裂け目に、これはいかなる船だろう、ジャンクの一種にはちがいないが、舷墻には矢狭間あり船上には投石機あり、そしてマストのあいだには大小の旗がひらめいているといった、おそらくは古代の軍船とおぼしい小型の船が一隻、まぼろしのように浮かびあがっている。月も星も出ていない闇夜なのに、船はぼうと蒼白くほのめいて、水にうつった影のようにふるえつつ、大きく迂回しながらこちらへ向って近づいてくる。

かなり近づいたところで、なおよく見ると、船の上にはあまたの人間がいた。しかし、これをしも人間と呼べるだろうか、どうやら輪郭だけは人間のかたちをなしているものの、顔もからだも見えわかず、うすぼんやりした全体がつい霧の中へ溶けこんでしまい

そうな、ほとんど影のごとき人間である。それが舷側にずらりとならんで、声もたてずにこちらを見つめながら、やはりこれも水にうつった影さながらに、のびたりちぢんだりしている。

「あの船のものどもはほんとうの人間だろうか。生きている人間だろうか。どうもよく分らぬ。」

親王のささやく声も耳にはいらなかったのか、春丸はまぼろしの船をひたすら見つめたまま、はかばかしく返事もしなかった。

そのうちにも船はみるみる間近く迫ってきて、ついに二つの船の舷と舷とが相接するまでになった。相接するといっても、向うの船のほうがずっと小さいから、舷の位置もずっと低い。それがこちらの船の横腹のあたりにぶつかったわけだが、向うの船には重みがないかのごとく、なんの衝撃も伝わらない。ときに、その低い舷から高い舷へ向って、船上にひしめいている影の男たちは次々に鉤縄《かぎなわ》を投げかけてきた。そしてそれを伝って、どっと上の船の甲板へなだれこんできた。

ひゃらひゃらひゃらひゃら、ひゃらひゃらひゃら。たぶん男たちの笑い声であろう、こんな奇妙な音が押し寄せてくる男たちの口のあたりから絶えまなくもれていた。

親王は春丸をうながして、あわてて甲板の上をはしって逃げようとしたが、ときすでに遅かった。前後左右を影の男たちに取りかこまれて、ふたりは逃げ場をうしなった。

ひゃらひゃらひゃら、ひゃらひゃらひゃら。いかにもひとを小ばかにしたような、うす気味のわるい笑い声をたてながら、男たちは親王と春丸のからだにあつかましく手をふれてきたが、その手の冷たいことはおどろくばかりで、水でぐっしょり濡れているのかと思われるほどである。事実、親王は肌が濡れて、ぞっと鳥肌がたつのをおぼえた。春丸はショックのあまり、もう死んだようなていたらくで、男たちのなすがままにまかせていた。こんな幽霊みたいな連中の相手になってはいけないと思ったから、親王もまた、無抵抗にじっとしていた。

男たちは親王のからだじゅうを冷たい手で隈なくさぐったあげく、まず親王が右手にしっかり握っていた笛をうばい、次に腰の帯にさげていた虎の皮の火打袋をうばわんとした。じつは、この火打袋の中には真珠採りにもらった真珠一顆《いっか》が納めてあったのである。親王は勃然として怒りを発し、ここで初めて影の男たちに向って必死の抵抗をこころみた。

なぜ親王は真珠をうばわれまいと抵抗をこころみたのか。円覚は真珠をまがまがしいものであるといい、安展はかならずしも然らずといった。安展はさらに、この真珠はみこの精神がこの世に生み出したようなものだとさえいった。はたしていずれの意見が真実をうがっているかはさておき、この真珠に対して、いつしか親王はひとかたならぬ愛着をおぼえはじめていたのだった。よしんば不吉なものであろうと、真珠はわたしと一心同体だ。むざむざさらわれてたまるものか。うばえるものならうばってみよ。そんな気がまえで、親王は男たちの手を力いっぱいふりはらい、こぶしをもって相手の胸をしたたか打った。それでもさっぱり手ごたえがない。まるでこのものどもには実体がないかのようである。

あらそっているうちに、古色蒼然たる虎の皮の火打袋がやぶれ、真珠がぽろりところがり出した。すんでのことに下へ落ちるところだったが、あやうく親王はこれを掌に受けとめた。そこへ男どもの手が二本三本とのびてきた。もはやこれまでと、親王は思わず真珠をおのれの口中にふくんだ。そして、われにもなくぐっと呑みこんでしまった。これならだれにもうばわれる心配はない。

とたんに親王はくらくらとして、その場にどうと倒れ伏した。ひゃらひゃらひゃら、ひゃらひゃらひゃら。うすれてゆく意識の中で、男どものうつろな笑い声だけがいつまでも耳にのこっていた。

長い昏睡状態からさめて、ふたたび明瞭な意識をとりもどしたとき、親王はまず、のどにかすかな痛みをおぼえた。痛みというか異物感というか、なにとも知れず、のどにつかえて、そのあたりにとどまっているものがあり、吐き出そうとしても吐き出せず、呑みこもうとしても呑みこめない。口中が渇き、やけに水がのみたくなって、まっくらな枕もとを手さぐりでさがしたが、もとより水なんぞはそこに置かれていなかった。

　くらがりの中で、ぱっちり目をあけたまま、親王はしきりに途絶えている記憶の糸をたぐろうとした。真珠はどうしたろうか。そうだ、あれは船中で影の男どもに襲われたとき、せっぱつまってつい呑みこんでしまったのだっけ。とすると、こののどの痛みは呑みこんだ真珠のせいか。真珠がのどにくっついて、はなれなくなってしまったせいか。そんなことがあるものだろうか。

　そういえば、まだ五つばかりの子どものころ、ちょうどこの真珠と同じくらいの大きさの玉を、うっかり親王は呑みこんでしまったことがあった。玉はたぶん後宮の女官の装身具かなにかの、ちぎれた一顆だったにちがいない。ある日、清涼殿の東庭に面した簀子の上に寝ころがって、この玉を手の中でもてあそんでいると、どうしたはずみか、それがぽとりと口の中へ落ちた。あわてて、ごくりと唾をのみこんだからたまらない。あっというまに、玉はゆっくり食道を通過して、胃の腑の中へおさまってしまった。それから大さわぎになって、名のある薬師がいくたりも呼ばれたが、薬を用いても一向にききめはない。最後に藤原薬子がしゃしゃり出て、みずから処方したという牽牛子《けんごし》の煎薬をのませたところ、三日目の朝、筥《はこ》の中に排泄した子どもの大便とともに、その玉はちゃんと出てきた。やれやれと、宮中のみなが安堵の胸を撫でおろしたのはいうまでもない。ちなみに、牽牛子というのは奈良朝期に唐土から船載されたアサガオのたねで、当時は下剤としてすこぶる貴重なものだった。

玉をとり出すために、筥の中の大便を平気で手でひっかきまわしていた薬子。ついに玉を見つけ出して、してやったりとばかり、にんまり笑った薬子。あのときの薬子の得々とした顔はまだおぼえている。親王は一瞬、のどの痛みを忘れたかのように、口もとをほころばせた。

それにしても、ここはどこだろう。こうして横になって寝ていても、縦ゆれも横ゆれも少しも感じないところを見ると、どうやら船の中ではないらしい。とすると、アラビア船は魔の海域をのがれ出て、めざす師子国に首尾よく到達したのだろうか。それともまた風に吹きながされて、思ってもみなかったような、どこか別の島へでも漂着したのか。自分の居場所がさっぱり分らず、だれも自分のそばへ来てくれそうなけはいもないので、親王は半身をむっくり起きなおらせると、

「おーい、だれかいないか。」

大声を出してみて、おのれの声がすっかり変ってしまっているのに卒然として気がついた。耳ざわりな、水気の涸れた、かすれたような声しか出ない。やはりのどに異常があるらしい。気のせいではないかと高をくくるような気持もないではなかったが、とてもそんなものではない。のどの痛みは本物だった。本物の病気にちがいなかった。これ

で事態がはっきりした。もしわたしが一年以内に死ぬとすれば、これで死ぬ以外には考えられないだろう。

そう思うと、親王はなぜかほっと肩の荷をおろしたような気分になった。おのれのあずかり知らないところで、運命の車はひそかに着々とめぐっていて、おのれにはまだ定かに見えない死期とやらを遺漏なく準備してくれているように思われたからである。なにもこちらが、むかしの高僧でもないのに、死期を知ろうなどと躍起になることは少しもなかった。死はげんに真珠のかたちに凝《こご》って、わたしののどの奥にあるではないか。わたしは死の珠を呑みこんだようなものではないか。そして死の珠とともに天竺へ向う。天竺へついたとたん、名状すべからざる香気とともに死の珠はぱちんとはじけて、わたしはうっとり酔ったように死ぬだろう。いや、わたしの死ぬところが天竺だといってよいかもしれない。死の珠ははじければ、いつでも天竺の香気を立ちのぼらせるはずだから。なんと、豪気なものではないか。にわかに気分があかるくなって、親王は半身を起した姿勢のまま、もう一度、

「おーい、安展よ、円覚よ、どこにいる。いるならば返事をしてくれい。」

しかし、その声はあわれにも、へたな笛でも鳴らすようにかすれていて、聞きづらく、とてもすこやかな人間のものとは思われぬ声だった。

親王の乗った船がたどりついたのはいずこの土地だったろうか。それは親王自身が知

りうるようになる日まで、しばらく伏せておくことにしよう。少なくとも当初の目標たる師子国ではなかったらしいということだけを、ここにあきらかにしておこう。

頻伽

ベンガル湾上にありと知れた魔の海域について初めて記述をのこしたのは、南宋の官吏として嶺南に在任して、のちに南海諸国の見聞記を『嶺外代答』十巻にまとめた周去非であろう。このひとによれば、スマトラ島の藍里（ラムリ）からインドの故臨（キーロン）におもむかんとする船は、よくよく注意して師子国の近くの魔の海域を避ける必要がある。もしうかうかと魔の海域に突入すれば、船はいつまでも無益な堂々めぐりを繰りかえすばかりか、逆風に吹かれて、一晩のうちに、もとの藍里にまで送りかえされてしまうこともあるという。ようやく一カ月近くを要して藍里から師子国の近くまでやってきたというのに、わずか一晩でふたたび藍里へ逆もどりさせられてしまうというのだから、この風の力たるや尋常ではない。魔の海域にふさわしい魔の風としかいいようがないだろう。おそらく親王が乗っていたアラビア船も、師子国付近の魔の海域についうっかり突入したばかりに、ふしぎな力を発揮する逆風に押しまくられて、赤道直下を東へ東へと吹きながされたあげく、ついにスマトラ島の北端にまで一晩ではこばれてしまったのではなかったろうか。つとに天文に精通して、船を意のごとくにあやつっていた水先案内人のカマルも、この思いがけない逆風までは計算に入れていなかったもののごとくであった。

かくて親王の一行は、なにがなんだか分らぬうちに船もろとも波濤万里をはこばれて、気がついたときには夜のしらしらあけとともに、思ってもみなかったスマトラ島の一角に漂着しているということになった。むろん、そこがスマトラ島だということは船中のだれ知るものもなかった。

当時、スマトラ島にはスリウィジャヤという梵語名をもつ国があって、百年このかた、栄華をきわめた仏教王国としての名をほしいままにしていた。唐土では、このスリウィジャヤに室利仏誓の音訳文字を宛てる。すでに黄金時代はすぎていたとはいえ、国中のいたるところにそそり立つ煉瓦や石の仏塔を目にすれば、いかにこのスリウィジャヤの地が大乗仏教の教化に潤っていたかは一目瞭然で、置き忘れられたように密林の木の間がくれにちらほらする古びた神像やリンガにさえ、あまねき仏法を謳歌するふぜいが見られなくはなかった。親王が漂着するよりも二百年ばかり前のことだが、かの唐僧義浄が渡天の途次、前後七年半ほどもここで便々と暮らしたというのも、この地に彼を惹きつけるに足るものがあったためにほかなるまい。

漂流の夜があけて、初めて島に降り立った親王の一行は、まさかそこがベンガル湾から百里もはなれた仏教王国の一角だとは夢にも思わなかったから、まのあたりに見る仏教のモニュメントの数々、丘のいただきや谷間にピラミッドのようにそそり立つ大小無数の仏塔に、まず目を疑った。こんなに仏塔のおびただしくそびえているところを見ると、ここはてっきり天竺の威風のおよんでいる土地ではなかろうか、いや、きっとそうにちがいないと思った。実際、そう思ったとしてもむりはないほど、このあたりにはとりわけ雄渾な仏塔が天日のもとに、かっと陽をはじきかえしつつ、その代赭色《たいしゃ》の偉容をさらして立っていた。安展、仏塔のてっぺんをまぶしそうに仰ぎ見て、つくづくいうには、

「これまでにも真臘やら盤盤やらアラカンやらといった、ずいぶん仏教のさかんな国々を通ってきたものだが、かほどに盛大な仏法弘通のしるしは、まだ見たことがなかったぞ。この仏塔の豪勢なことはどうだ。察するところ、どうやらここは師子国ではないかな。われわれの船は風に吹きとばされて、はからずも師子国へながれついたのではなかったかな。円覚、おまえさんはどう思うね。」

円覚も釣られて、おぼえず興奮気味に、

「ここが師子国かどうかは不明にして存じませぬが、それでも天竺にごく近く、教化の光に浴した土地であることだけは間違いないでしょう。ひょっとすると、われわれはとうに師子国を通り越して、すでに天竺そのものの内陸ふかくに入りこんでいるのかもし

れませぬ。どうもそんな感じがいたします。それが証拠に、どこからともなく異香《いきょう》のただよってくるような気がしてなりませぬが、これは私の気のせいでしょうか。こんな経験は初めてだ。みこ、みこはいかがおぼしめされます。」

円覚が勢いこんでたずねるのに、意外にも親王は無言のままだった。天竺に近づいたと信じこんで有頂天になっている円覚にしてみれば、この親王の不可解な沈黙はもどかしい思いをそそった。

「御返事のないところを見ると、昨夜以来のおのどの痛みがますますひどくなられましたか。わたし、ひそかに案じておりました。それとも別に仔細があって……」

円覚が気をまわすと、親王はしずかに笑って、

「いや、仔細も何もありはしないがな。ただわたしには、おまえたちのいうように、ここが天竺のごく近くだとは、どうしても信じられないのだよ。それだけのことさ。」

円覚は心外らしく、

「それはまたなぜに。」

親王、かすれた声をふりしぼるようにして、

「だって考えてもごらん。そんなに簡単に天竺へ到達しうるものだろうか。天竺へ到達するには、もっともっと困難を乗り越えなければならぬとわたしは思う。船が風に吹きとばされたぐらいで、そんなにあっけなく天竺へながれついてしまっては、第一、あり

がた味がなくなってしまうとは思わないかね。もの足りないとは思わないかね。」

これには安展、あきれ顔に、円覚にかわって口を出して、

「そんなに簡単におっしゃるが、みこ、われわれは広州を出発して以来、もう一年近くもむなしく南海諸国をうろうろとさまよっているのですよ。簡単どころか、こんなに苦労してもまだ天竺へ到達しえないかと思うと、わたしなんぞはなさけなくて泣きたいような気持になります。これだけ苦労をかさねたのだから、もういいかげんに天竺へついてもよいころではないかという気持になります。もの足りないなんて、とんでもない。どうやらみこは必要以上に苦労と困難をもとめていらっしゃるのではございませぬか。でも、ここが師子国だとすれば、もうそんな必要はないのですよ。」

「もちろん、ここが師子国だとすればな。まあいい、それはいずれ分ることだろうさ。」

軽く受けながして、親王は埒もないはなしを打ち切ると、安展円覚のふたりをあとにしたがえて、そのまま島の奥につらなる小高い丘陵地帯のほうへ足を向けた。初めて見る島の内部を探検しようというもくろみである。

これまで見聞してきた南海諸国の中ではきわめて異例といってよいが、この島には火山脈がはしっていて、げんに活動中の火山もあれば、またかつて時ならぬ大爆発をおこして、その噴出物によって仏教遺構の一部を埋没させているような休火山もあるらしかった。あるきながら、三人はむかしのすさまじい火山活動のなごりであろうと一目で知

れる、灰やら岩石やら、冷えて固まった熔岩やらの地上にうずたかく積もっているのを目撃した。しかし雨の多い土地だから、火山灰の上からでも植物はすぐ生える。肌にむっと感じる水気のたちこめた、ずぶずぶした湿原のような土地もあって、むらがる羊歯の茂みに近づけば、つい足をとられて沈みそうな気がして不安であった。三人はおっかなびっくり足をはこんだ。

行くこと一里、急に視界がひらけて、密林にかこまれた、さして広くもない、ほとんど円形をなした窪地に出た。おそらく湿生植物だろう、短い草がいちめんにびっしり生えていて、その窪地のまんなかには、透きとおった水をたたえた沼がひっそりとしずもっている。そして沼のほとりに、これはなんの花だろうか、直径が一メートルにもおよぶ、肉の厚い、毒々しく赤い色をした、五つの花弁をもつ奇怪な花がらんらんと咲き誇っている。こんな巨大な花があろうとは信じられぬほどの大きさである。しかも、おかしなことに、その花には見たかぎり葉もなければ茎もなく、地上ににょっぽりと花だけが顔を出したようなおもむきで、尋常の植物とはあまりにもかけはなれた構造を示していた。すなわち花だけで生きている植物。それでも花は沼の水に映えて、ときに血のような色に照りかがやいて見えたほど、少なくとも生きているという証拠だけは人間の目にありありと見せていた。

親王の時代からおよそ一千年をへて、そのころスマトラを探検していたイギリス東インド会社の切れものトマス・スタンフォード・ラッフルズ卿が、この世界最大の花をたまたま発見して、これにラフレシアという名をつけたことは今日よく知られていようが、もとより、親王も安展も円覚も、そういう後世の事情にはからきし疎いほうの人間だったから、この化けもののような花を見ても、ぴんとくるものはなにもなかった。本草学にはくわしいはずの円覚でさえ、唐土の学問体系の中に一度として位置を占めたことのない、この蛮地の植物にはさすがにお手あげだった。三人はしばらく気をのまれたように無言のまま、思いきって窪地に足を踏み入れることもできかねて、密林の中からあやしい花のすがたを眺めつづけていた。やがて安展がしぼり出すような声で、だれにいうともなく、

「首だけで生きている人間がいるとすれば化けものだろうが、あの花も、花だけで生きている化けものじみた植物のように見える。いやまったく、見れば見るほど気味がわるいな。さしずめ花の悪魔といったところか。こんな悪魔的な植物がわがもの顔にのさばっているところを見ると、どうやらここは師子国なんかではなくて、いまだ教化の光のおよばざる未開の僻地ではないかという気もする。うーむ、分らなくなってきたぞ。」

円覚は円覚で、ひとりごとでもいうように、

「如来さまは蓮の花の上にすわっていらっしゃるが、あの花の上にはいかなる悪鬼がすわるのかな。蓮の花というよりも、かたちはむしろ椿に似ている。ばかでかい椿の花が

ぽたりと地面に落ちたところのようだ。そういえば『荘子』の逍遥遊に、上古、大椿《だいちん》ナルモノアリ。八千歳ヲモッテ春トナシ、八千歳ヲ秋トナスとあったけれども、まさかあれが大椿の花ということはあるまい。大きいことは途方もなく大きいが、あれがそんなめでたい花だとは、とても考えられないからな。あの花にはどことなく屍臭がただよっているようだ。ここにいてさえ、むっと鼻を打ってくるものを感じる。ああ、気味がわるくてかなわない。」

親王だけは、ことばを発することも忘れたように、かなた、烈日のもとに近寄るものを峻拒して、ひとり燃えたつがごとくに咲いている巨大な花を、いつまでも食い入るような目で眺めていた。

こうして三人、しばらく茫然とたたずんでいるところに、ひとのけはいがして、不意にうしろから、

「なにものじゃ、おまえたちは。」

ふり向くと、薄い腰衣をまとっただけの、あばら骨が浮き出るほどおそろしく痩せた、まだ年若い男がひとり立っていた。さぐるような目で、三人をじろじろ睨《ね》めつける。男の口にしたことばは、三人が盤盤国滞在中に聞き慣れて、たちまちおぼえてしまったマライ語だったから、すぐ通じた。弁舌さわやかな安展がすすみ出て、同じくマライ語で、

「われわれは日本から来た旅のものじゃ。」

「ここはみだりにひとの来るべきところではない。ここでなにをしていたか。」

「あまりに奇態な花が咲いているので、つい時のたつのも忘れて、つくづく眺め入っていた。」

男は疑わしげな目つきで、

「念のために聞くが、その花に手をふれはしなかったろうな。」

安展、のけぞって笑って、

「だれが手をふれるものか。頼まれたって、そればかりはお断わりじゃ。」

その安展のようすにやや安心したのか、男は声をやわらげて、

「あれは人食い花じゃ。たちまち人間の汁を吸ってミイラにしてしまう。おまえたちがあれに近づかなかったのは賢明だったよ。」

安展、おどろいて、

「人食い花とは初めて聞くが、この土地には多く咲いているのか。」

「多くはない。近ごろ、とんと火山の鳴動することが少なくなったから、噴火による地熱の高まりをよろこぶ人食い花の数はますますへった。おそらく国中に三十株とは育っていないだろう。それだけに貴重視されて、おれのような花守がやとわれて花の番をしているわけじゃ。枯らしてしまえば、おれは面目を失うし、職も失うだろう。」

「なんのために、そのような花を保護しなければならぬのか。また保護しているのは、

どこのたれか。」

「もちろん、この国の王が保護しているのじゃ。なんのためかといえば、代々の王妃のミイラをつくるためよ。それ以外には何の役にも立たぬ花じゃて。」

ここで、安展がふたたび問いかえそうとしたとき、かなたの谷間のほうにあたって、にわかにほら貝を吹き鳴らす音がひびいてきたのに、男は急にそわそわし出して、

「や、あれは王妃の寺まいりの行列じゃ。たったいま、この丘の下の谷間を通っているのであろう。おまえたち、見たければ行ってみるがよいぞ。美しい王妃のお顔を生きているうちにおがんでおくのは、われわれ下々のものにはめったに味わうことのできぬ、この世の最大の眼福だろうからな。この好機、のがすべからず。さ、はやく、はやく。ひとたび王妃に子どもが生れれば、この眼福もついに望めなくなる。さ、はやく、はやく。」

なんのことやらさっぱり分らなかったが、三人は男にせき立てられるままに、丘の斜面をころげるように大急ぎで駆けおりると、つい下の緑したたる谷間の、道ばたの大きな樹のかげに身をひそめて、王妃の行列のやってくるのを待つことにした。

待つ間もなく、王妃の行列はやってきた。行列といっても、それほど仰々しいものではなく、また人数もそれほど多くはなく、先頭にはほら貝を吹く少年が四人、そのうしろから十数人の侍女にかこまれた、ゆったりと象の背にのった王妃が、片手で極楽鳥の

扇をつかいながら、しずしずとすすんでくるだけである。なるほど、花守の男がいった通り、これほど美しいひとをここに見ようとは思いもかけなかったほど、王妃のすがたはあでやかで、みずみずしかった。年は十七にも満たぬだろうが、年に似合わぬ驕慢さを早くも身につけている。親王はとっさに、自分の知らない薬子の若いころも、このようにおとなびていたのではなかったかと思った。そして、そう思ったとたん、あやしい胸さわぎのするのをおぼえた。すっかり王家の若妻らしい化粧と身づくろいになっているとはいえ、たしかに前に一度、この女をどこかで見たような気がしてならなかったからである。

行列がちょうど目の前を通りすぎようというとき、とぎれていた記憶がにわかによみがえって、親王はおぼえず口の中で、あっと小さく叫んでいた。いかにも取り澄まして、王家の奥さま然とした態度を持しているから、ついお見それしてしまったけれども、あの女こそ、わたしのよく知っている盤盤のおてんば娘パタリヤ・パタタ姫そのひとではないか。そう思うと、のどの痛みも忘れて、親王はこう大声をあげずにはいられなかった。

「ああ、パタリヤ・パタタ姫。またお会いしましたね。」

すると打てばひびくように、象の上から親王のすがたを目ざとく見つけた王妃が、大きな目をいよいよ大きく見ひらいて、世にも喜ばしげな声で、

「おお、ミーコ。どんなにお会いしたかったことか……」

この声を聞いただけで、親王は不覚にも涙がこぼれるほどの嬉しさを味わった。そして、きょうこのとき、この谷間の道で、パタリヤ・パタタ姫にふたたび会うことは、前世から約束されていたことではなかったろうかと思った。本気になって、こういう神秘的な考えにのめりこんでゆくのは、親王としてはじつにめずらしいことだった。

かつて親王が滞在したことのあるマライ半島の盤盤国の太守の娘パタリヤ・パタタ姫が、古くから盤盤国と密接な友邦関係にあるスマトラ島のスリウィジャヤに輿入れしてきて、現在、この国の王妃となっているのだった。友邦関係と書いたが、マラッカ海峡をへだてた盤盤とスリウィジャヤ両国の関係は、むしろ姻戚関係といったほうが近いかもしれない。どちらも名だたる仏教王国で、当時の南海貿易の重要な拠点をいくつか共同で管理していたということからも、両国はほとんど一つの国といってもよいほどの間柄だったことが知れよう。

パタリヤ・パタタ姫は、正しくいえばパタリヤ・パタリヤ・パタタ姫である。この国には、女は結婚すればファーストネームを重複させねばならぬという習俗があったからだ。まだ娘のころ、姫は原因不明の憂鬱症にかかって、父のいとなんでいた獏園の獏の肉を食うことを、さるバラモンからすすめられたことがある。父も侍女たちも、てっきり姫が食ったものと信じていたが、じつは姫は頑強に手をつけず、ただ皿の肉をこっそり捨てて食ったように見せかけていた。貘の食う夢の提供者であった親王も、そのことには少しも気がつかず、ただ自分の夢を貘が食い、その貘の肉を少女が食っているのだから、自分と少女とは一体化したも同然だと無邪気に信じていた。

しばしば貘園にあそびにくるパタリヤ・パタタ姫と親王は親しくなって、いつしかことばを交わすようになった。わがままで手がつけられない姫だったが、なぜか親王にはよく馴れて、いっしょに動物園のめずらしい鳥けものを見てまわったりしたこともある。そういうときの姫は嬉々としていた。親王が渡天のため、太守の用意してくれた船に乗って、いよいよ投拘利《タコラ》の港から船出するときも、姫は父の太守とともに見送りにきてくれたが、このときはどういうものか、口をとがらし、怒ったような顔をしているばかりで、親王が笑いかけても、ぷいとそっぽを向いてしまうほどの荒れようだった。もっとも、その気まぐれがいかにも姫らしいといえば姫らしかった。

さて、谷間の道でパタリヤ・パタタ姫と偶然に顔を合わせてから一月ばかりのち、親王はのどの痛みのますますひどくなったのを感じて、宿舎である海辺の小屋に不本意ながら臥《ふせ》っていた。安展も円覚も、また春丸も親王の病状をしきりに案じて、

「みこ、きのうから何もお食べになっていらっしゃらないようですが、それではおから

だがどんどん衰弱してしまいます。わたしが芋粥《いもがゆ》をつくってまいりましたから、おつらいことでしょうが、せめて一口だけでも召しあがってくださいませんか。」

春丸が泣かんばかりに頼むのに、親王は困ったような表情を浮かべて、

「わたしが近く死ぬことは、いろいろな徴候から見て、もう決まったようなものなのだよ。だから案ずるにはおよばない。芋粥は若いころからわたしの好物だったが、さて芋がうまくのどを通るかな。粥だけなら、きっと食べられるだろうがね。」

しかし側近が目をはなしていると、親王はひそかに皿の中身を捨てて、自分が食ったようなふりをする。安展も円覚も春丸も、それに気がつかぬほど粗忽ものではなかったが、それほど食べるのがつらいのかと思うと、気の毒で、いまさら何もいう気がしなくなるのだった。少しでも親王の食べやすいもの、親王ののどを通りやすいものを、なんとかして島からさがし出してこようと、三人は朝からあてもなく、あたふたと宿舎を出て行くのをつねとしていた。その日も三人は出て行ったから、親王は漫然と小屋にひとりで寝ていた。

そのとき、ほとほとと遠慮がちに小屋の戸をたたくものあり、なにものかと出てみれば、この前とは打って変って地味な身ごしらえをした、愁《うれ》い顔のパタリヤ・パタタ姫であった。

「いつぞやは御病気とうかがいましたが、その後はいかがでございますか。気になって

たまらないので、御迷惑をもかえりみず、ここまで足をはこびました。」

親王は笑って、

「このわたしの声をお聞きになれば、病状がどんな具合かはすぐお分りでしょう。のどに何やらつかえたような感じで、思うように声が出ない。日を追って、それがひどくなってゆきます。こうしてしゃべっていても、さぞやお聞き苦しいことでしょう。」

「いいえ、ちっとも。」

「それに、最近では物がほとんど食べられなくなりました。のどを通らないのです。さだめの期がきて、わたしはまもなく、いのち尽きるだろうという確実な予感があります。天竺へたどりつくのが先か、それともわたしのいのち尽きるのが先か、予断は許されませぬ。まあ両者が一致すればいちばんよいのですけれども。」

すると姫は頓狂な声をあげて、

「まあ、そうでしたの。じつを申しますと、わたしも一年以内に確実に死ぬことになりましたわ。ふしぎとしかいいようがありませんが、ミーコとお会いした日から、いつまでたっても月のものがはじまらなくなってしまったのですもの。」

そういわれても、親王には何のことかよく分らなかった。姫が死ぬことと姫の月経がとまったことと、そもそもどういう関係があるのだろうか。しかし姫は親王の困惑顔をものともせず、自分ひとり急に浮き浮きし出して、親王の手をとらんばかりにそばに近

づくと、その耳に口を寄せて、

「ね、死んだらわたしが入ることになっている墓廟に、これから御案内いたしますから、いっしょに来てくださいませんか。唐土の坊さまも天竺の坊さまも、この国へ来ればかならず立ち寄るという名高い墓廟です。たぶんミーコにも、まんざら興味のないものではないと思います。ね、いいでしょう。行きましょうよ。」

姫のわがままには慣れていたものの、さすがにきょうは気分すぐれず、外へ出るのが気が重かった。しかし先に立って飛び出して行こうとする姫を見ると、つい自分もいっしょに行ってやらなくては気の毒だと、ふらふら相手の気持に同調してしまいがちな親王だったから、いやな顔もせずに、小屋を出て姫のあとにしたがった。小屋を出ると、なにやら決意したように姫は黙々と足をはこぶので、道々、ふたりとも極端にことば少なだった。

しばらく行くと、かなたの小さな丘の上に、灰色をした安山岩の切石を積みあげた、不規則なピラミッド状をなした堂々たる建造物が見え出した。これが姫のいう墓廟であろう。さして高からぬ丘だったが、のぼるのに親王は息切れをおぼえて難渋した。これまでにないことである。自分ではそれほどにも思わないが、やはり病いがすすんでいるのであろう。さて丘のてっぺんにのぼって四方を見わたすと、ひろびろとして一望のもとに沃野《よくや》がひらけ、はるかの遠くにはコニーデ型の火山が青空に屹立《きつりつ》して、いただきから羽根飾りのような薄いけむりを吐き出している。雄大な風景で、親王は汗をふくのも忘れてしばし見とれた。

墓廟はほぼ四角形をなした、五層の基壇の上に築かれており、各基壇には広い回廊がめぐらされ、回廊は三層までは方形、四層から上は円形で、そこにはあまたの龕《がん》が彫られて、その一つ一つに仏像が安置されていた。この五層の基壇の上にそびえ立つ塔廟は、先細りのカーヴを描いた砲弾型のもので、あぶなかしい階段を踏んでのぼってみると、外から見て想像していたよりも、はるかに広い内部空間を有していた。

姫に手をとられて、おぼつかない足どりで親王は塔廟の内部に足を踏み入れたが、窓のない室内はうす暗くて、そこになにがあるのかもよく分らない。すると姫が手ばやく、用意してきたらしい松明《たいまつ》をともして、円い室内の壁ぎわにこれを近づけた。たちまち、ぱちぱち爆《は》ぜる火の粉を浴びて、壁ぎわにずらりとならんだ異様なもののすがたが闇にぼうと浮き出した。等身大の仏像だった。少なくとも最初はそうとしか思えなかった。しかし目が慣れてくるにつれて、その仏像のあまりのなまなましさに、かえって親王はぎょっとした。像はぜんぶで二十二体、若いのもあれば年たけたのもあり、いずれも半裸の女人像だが、気味がわるいほど生きているすがたそのままで、毛穴まで寸分たがわずそっくりに再現されており、その姿態にはみだらなものさえ感じられたからである。見てはならないものを見せつけられたような、胸がどきどきするような気分だった。と

きに、姫が初めて口を切って、

「これはスリウィジャヤの歴代王妃の肉身像です。王妃たちはいずれも立派に子どもを生んだので、安んじてミイラになりました。どの顔も誇らしげで、ほんのり微笑のかげさえ浮かべているのは、そのためです。いちばん若い王妃は十九歳、いちばん年かさの王妃は三十三歳とやら。わたしがここに加われば、もちろん若さにおいて断然トップということになります。そう、わたしも子どもを生んだらすぐミイラとなって、この塔廟の中に永遠にねむるのです。まあ、どれくらいわたしはおのれの懐妊を待ちに待ったことでしょう。まだ子だねにめぐまれない身の屈辱を、いかに呪わしく思ったことでしょう。それというのも、わたしの夫は生れついて身心虚弱にて、女をみごもらせる能力にはいささか疑わしいものがあったからです。このあいだ谷間の道でミーコにお会いしたときも、じつは神の利生によって子だねを授けてもらうべく、山の向うのシヴァ神の祠にお祈りに行った帰りでした。でも、もうそんな必要はありませぬ。シヴァ神の利生のためでしょうか、わたしは晴れて懐妊したのですから。それともミーコのおかげかもしれない、あの日から以後、わたしはさっぱり月のものを見なくなったのですから。」

ここで親王、ことばを挟んで、

「どうもわたしにはよく呑みこめないが、この国には、王妃は子どもを生んだら死ななければならぬという法規でもあるのですか。」

「はい。」

「それはまた、どうしたわけで。」

「さあ、理由はわたしも存じませぬ。たぶん、子どもを生めば女のいのちはそれでおわり、もうこの世に生きているにはおよばないという考えかたのためではないでしょうか。でも、もう何百年も前から行われていて、尻ごみした王妃なんかひとりもおりませんし、むしろみなすすんで、この墓廟に入ることを待ちのぞんだとつたえ聞きます。わたしにしても同じことで、若さを永遠に保ちながら、史上最年少で墓廟入りすることを、この上なく晴れがましく思っていますわ。墓廟はわたしが若いままで永遠に生きることのできる場所ですもの。」

「子どもを生んだら死ぬとおっしゃいますが、いったいどんなふうにして。」

「ああ、まだそのことをおはなししておりませんでしたね。それには願ってもない方法があります。このあたりの湿っぽい土地に、好んで人間の体内の水分を吸って、からからにしてしまう植物がありますが……」

「ふむ、それならわたしも見ましたよ。あの途方もなく大きな赤い花でしょう。」

「その植物の大きな花の上にただすわっていれば、しぜんに体内の水分が涸れて、非の打ちどころのない一体のミイラになります。肌の色つやも皮膚の張りも、何年たっても一向に衰えを見せず、生きていたときのままのみずみずしさですから、ふしぎな植物の霊験というほかありませぬ。教化の光に浴した土地だからこそ、こんな奇特な植物も生えるのでしょう。さきごろ来朝した唐土のえらい坊さまなんぞは、墓廟の中に林立する肉身像をまのあたりにするや、こんな奇蹟は唐土ではたえて見られないと、涙をこぼさんばかりに感激しておりましたっけ。なんでも唐土では、ミイラをつくるには漆を塗ったり乾かしたりして、たいへんな苦心が伴うのだそうです。日本ではどうかしら。ミーコもごらんになって、なにか印象をえられましたか。」

「いや、印象どころか、なにもかもおどろくことばかりで、発すべきことばもありませぬ。日本でも、ミイラになられた高僧の例はないわけではなく、たとえばわが師空海和上のごときも、死期をおさとりになって穀や水を断ち、丹薬をのみ、高野山の岩窟に結跏趺坐して入定なされたとつたえられていますが、寡聞にして和上よりほかに、そのような偉業をあえて実現した高僧の例を多くは知りませぬ。ましてや女人にはおよびもないことです。たまたま高野山には水銀《みずがね》を産したから、空海和上はこれを利用して、わが身をからからに乾燥させるすべをこころえていたのかもしれませぬな。わたしは柩の中の和上の死顔を拝しましたが、それはあたかも青銅の面《めん》のごとくでした。」

はなしながら、ふたりはうす暗い室内を出て、墓廟のいただきの露壇に立った。青空のもとにかっと陽光が照りつけ、遠くには火山がくっきりと紫色に見える。地上はるかの高所だから、吹きすぎる風の通りがよく、暑さもそれほど苦にはならない。石の階段に腰をおろして、ふたりはだまって、火山のけむりの青空を背景に時々刻々かたちを変えるのを眺めた。ややあって、姫がまたしても声をかけて、

「ねえ、ミーコはほんとうに、死んでもよいから天竺へわたりたいと考えていらっしゃいますの。」

その秘密めかした抑揚のある声の調子に、親王ははっとして、あらためて姫の顔を横からうかがい見た。微笑をふくんではいたが、姫の面上には、これまでに親王が何度も見たことのある、あの残忍のいろが一瞬、さっとはしりすぎたように思われた。それでも親王はことさら気にかけず、

「もちろんですとも。渡天はわたしのいのちを賭けた大業ですから、死ぬことは少しも厭いませぬ。」

「すると、天竺へついてから死なれても、死なれてから天竺へおつきになっても、結果的にはそれほど変りませんわね。」

「それが時間的に一致すれば、それに越したことはないでしょうがね。望み薄だとあらば、どっちが先でも一向にかまいませぬ。」

とたんに姫は目をかがやかして、

「それでしたら、よい考えがありますわ。餓虎投身という故事を御存じでしょうか。ミーコは仏典の学識がおありだから、きっとよく御存じでしょう。この国をずっと南まで

行きますと、つい海をへだてた北方に羅越《らえつ》という国があり、そこには虎がおびただしく、その虎はつねに羅越と天竺のあいだを渡り鳥のように往復して、けっしてほかの土地へはみだりに足を向けないといいます。しかも虎はつねに餓えていて、生きた人間の肉を欲しております。ただし屍肉には見向きもしませぬ。もしも死んでから天竺へついてもかまわないとおっしゃるなら、この虎にみずからすすんで食われ、虎の腹中に首尾よくおさまって、悠々として天竺へ乗りこむのも一法かと思いますが、いかがなものでしょうか。」

親王、われにもなく声をはずませて、

「それはおもしろい。まるで牛車《ぎっしゃ》にゆられて、ゆるゆると物見遊山に行くようなものじゃ。虎がわたしのかわりに、わたしを腹中にかかえて、天竺まで足をはこんでくれるとは、なんたる妙案だろう。」

ふたりはそこで、思わず顔を見合わせて大いに笑った。まるで共通の目的を達成する見こみが立ったかのようだった。それから姫がひとりごとでもいうように、ぽつりとこう口に出した。

「嬉しいわ。これでわたしはミーコとほとんど同時に死ぬことができます。これ浄福にあらずしてなんぞや。子どもはきっとミーコとそっくりになるでしょう。」

一途なパタリヤ・パタタ姫には申しわけないが、世の中にはしばしば想像妊娠ということもおこりうるから、かならずしも姫の告白をそのままに事実として信じるわけにはいかぬだろう。無月経だからといって、かならずしもこれをただちに妊娠のしるしと断ずるわけにはいかぬだろう。もしかしたら、十月《とつき》十日の月が満ちても、ついに姫には子どもの生れることは永久にないかもしれず、したがって、死なねばならない必要は永久におとずれないかもしれぬのだ。

はるかな火山をうっとりと眺めつつ、親王は親王で、もうこんな高いところへは二度とのぼれないだろうと、感慨少なからぬ気持でいた。のどの痛みとともに、ここへきてから息苦しさがいっそう増してきたような気がしたからである。かつて空海和上にからかわれたように、若いころには、あれほど高いところへのぼるのが好きだった自分だったのに。

小屋に帰るとすぐ、親王は安展、円覚、春丸の三人を前にして、みずからのいわゆる妙案を意気ごんで語り出した。

「よいことを思いついたよ。わたしは虎に食われて死ぬことにする。虎がわたしを腹中にかかえて、天竺までひたばしりにはしってくれるだろう。どうじゃな、この案は。」

安展、目をしろくろさせて、

「やぶから棒に、なにをおっしゃいます。そんなうまい具合に、みこを天竺まではこんでくれる殊勝な虎が、どこかにいるとでもおっしゃるのですか。」

「それがいるのだね。羅越という国へ足をのばす天竺の虎には、かならず故郷へふたたび立ち帰るという習性があるそうだ。だから、まず海をわたって羅越へ行って、虎のむれている場所をさがせばよい。わけもないことだ。」

「そんなことを、どこのだれが申しました。」

「パタリヤ・パタタ姫さ。あのひとはあたまもよく、このへんの土地にあかるいから、よもや間違ったことはいうまい。」

この二三日で目に見えて痩せおとろえた親王を、円覚、いたいたしげに眺めながら、

「いかになんでも、みこがあたまから虎にがりがり食われるのを、わたしどもが手を束ねて見ているというわけにはまいりませぬ。みこ、御冗談もいいかげんになされませ。みこのためとあらば水火も辞しませぬわたしですが、その儀だけは承服いたしかねます。」

春丸も口をそろえて、

「せっかく天竺へついても、その身が冷たいむくろとなって、しかもけものの腹の中におさまっているのでは、どうもあまりぞっとしないのではございませぬか。ブダガヤの聖地も祇園精舎も、みこがよくお口になさるナーランダーの寺院とやらも、死んでしま

って は見ることができませぬ。みこのお好きな迦陵頻伽《かりようびんが》の声を聞くこともできませぬ。たとえ御病気はすすんでも、生きてさえおられれば……」

瞑目して聞いていた親王、ここで春丸のことばをさえぎって、

「いや、事態はそんなに甘くはないのだよ。もうこんな衰残の身となっては、はるばる天竺へ到達するまで運よく生きていられようとは、自分ではとても思えない。楽観は許されないのだ。それに、虎は屍肉は食わぬという。わたしが死んだらこの計画は丸つぶれだろう。いままでだまっていたが、このごろではのどの痛みのほかに息苦しさも加わって、あるくのが大儀にさえなってきた。のどに風穴でもあけたら、さぞやいい気持だろうと思う。円覚のお株をうばうようで申しわけないが、『荘子』の大宗師に、真人ノ息ハ踵《かかと》ヲモッテシ、衆人ノ息ハ喉《のど》ヲモッテスとある。こうと知ったら、わたしもはやく真人の境地に達して、踵で息をすることができるようになっていればよかったとつくづく思うよ。」

ここで親王は笑おうとしたが、もう笑い声は出なくなっていた。あわれにも笑い声らしきものが出るのみだった。三人の弟子はことばもなく、うなだれるよりほかはなかった。ときに親王、なおも声をはげまし、語りついでいうには、

「それに、虎に食われるということを、それほど残酷なことと考えたりしてはいけない。むしろごく自然なことと思わなければな。そもそも人間が天地から生を享け、死んでふ

たたび天地へ帰るものとすれば、なまじ冷たい墓なんぞへ埋められるよりも、おのれの肉をもって餓えたる虎をやしない、そのまま虎の一部となって天竺へ一路ひたばしるほうが、よほど自然の理にかなっているとは思わないかね。お釈迦さまだって、餓虎投身という立派な模範をお示しになった。もういまから、わたしはまだ見ぬ羅越の虎、やがてわたしを食うであろう羅越の虎に、なんといおうか、惻々《そくそく》として親愛の情を感じているくらいだよ。」

それより何日かすぎたのち、たぶん王妃のさしがねであろう、スリウィジャヤ国の宮廷から差し向けられた立派な象が四頭、親王の宿舎にとどけられた。主従四人、これに乗って羅越まで行けばよいわけである。ただし、羅越へ達するためには、まずここから二百里ばかりスマトラ島を南下して、対岸のマライ半島との距離がもっとも狭まった地点まで行かねばならぬ。そして、さらにそこから船に乗って対岸へわたるのだ。羅越国はマライ半島の南端にあり、当時、おそらくシンガプラ島(今日のシンガポール)を中心として栄えていた、南海貿易に基礎をおく群小国家のひとつである。主従四人にも、羅越についてはせいぜいそのくらいの知識しかなかった。

いよいよあすは出発という日、小屋の中の藁の上に身を横たえて、大儀そうに肩で息をしていた親王は、居ならぶ弟子たちを前にして、蚊の鳴くようなかぼそい声で、突然、こんなことをいい出した。

「きょうはひとつ、わがままをいわせてもらおうか。ちょいと掌に握れるような、丸いものを持ってきてくれぬかな。いやなに、そこらに落ちている石ころでもいい。」

「かしこまりました。」

春丸が立って、さっそく外へ出てゆくと、数分もせぬうちに、手ごろな丸い石を拾ってもどってきた。そのあいだ、親王はとろとろ眠っていたようだった。

「みこ、石を拾ってまいりました。」

春丸がそっと声をかけると、親王はしずかに目を見ひらいて、

「おお、そうじゃった。忘れておった。わたしを抱きおこしてはくれぬかな。」

安展がうしろから肩をささえて、藁の上に抱きおこすと、

「わたしの右手に石を握らせてはくれぬかな。うむ、それでよい。」

石をしっかり握ると、いきなり親王は右手をあたまの上に高く振りかぶって、それを遠くへ投げるような動作をした。一度ならず、二度三度と同じことを繰りかえした。そして口の中では、歌でもうたうように、

「そうれ、天竺まで飛んでゆけ。」

弟子たちはあっけにとられ、ああ、とうとうみこもあたまがおかしくなられたかと思って、おのがじし暗黙とした。人一倍なみだもろい円覚のごときは、あやうく嗚咽《おえつ》しかけて、くちびるをきつく嚙みしめたほどである。

しかし親王は実際に石を投げたりはせず、すぐ厭きたように、石をごろりと床にほうり出すと、ふたたび横になって目をつぶった。安展が首をのばして、

「どうなされたのです。あの石ころは、なにかのおまじないですか。」

努めて気軽に聞きただすと、親王はかすかに口もとをほころばせて、

「いやいや、べつにどうというものではない。わたしは子どものころ、みなも承知のように、かの悪名高い薬子という藤原氏の女にかわいがられたものだが、あるとき、この薬子が暗い庭に向って、小さな丸い光るものを力いっぱいほうり投げたのだな。その光景がいっかな忘れられず、いまもここでうつらうつらしているとき、ふっとそれを思い出して、自分でも薬子のまねをしたくなったまでのことさ。」

「まねをなさって、いかがでございました。」

「うむ、とくにおもしろくもおかしくもないな。どうしてあんなことが、何十年もあたまの底にこびりついているのか、ふしぎなくらいだ。しかし死ぬまでに一度は自分でやってみたいと、つねづね思っていたのでね。」

そういうなり、親王はまたもや、すやすやと寝息をたてはじめた。弟子たちが案じ顔に見ていると、またしばらくして、かすかな声で、

「すまぬが、おこしてはくれぬかな。パタリヤ・パタタ姫がおいでになったから。」

そうはいっても、親王の顔はあきらかに眠ったままで、その発することばも、あきら

かに寝言ではないかと疑われた。いや、これは寝言にちがいない。パタリヤ・パタタ姫のすがたなんぞは、どこにも見えないのだから。弟子たちはどうしてよいか分らず、たがいに無言で顔を見合わせた。しかし、やがて親王の口がふたたびうごきはじめるのを目にすると、安展は思い切って親王の肩に手をかけて、これを床の上に助けおこした。藁の山に身をささえて、親王はようやく起きなおったが、それでもまだ目がさめたようには見えず、ふかい眠りの底をさまよっているらしいけしきであった。どうやら夢をみていたのである。

ここで場面を一変させて、わたしたちもパタリヤ・パタタ姫とともに、親王の夢の中にそろそろ足を踏み入れてみることにしよう。

戸をあけて小屋の中へすべりこむと、すかさず姫は蛇のようにしなやかに身をくねらせて、さっと親王の枕もとにはしり寄って、こうささやいた。

「のどのお痛み、いかがでございますか。あれから少しはよくなられましたか。」

既述のように、親王は安展の手をかりて身をおこすと、

「よくなるどころか、ますます痛くなるようですね。大きな真珠をつい呑みこんでしまったら、それがのどにくっついて、どうしても離れなくなってしまった。ほら、ここのところが腫れているでしょう。さわってごらんなさい。」

姫は細長い指をのばして、親王の右側の首すじにかるくふれた。それから一段と声を

ひそめて、

「わたしの指はこの通り細くて長いのよ。よろしかったら、ミーコののどに指を突っこんで、つかえている真珠をわたしが取って差しあげましょうか。」

親王はわれにもなく、子どものようにこっくりとうなずいていた。

姫の指は細くて白くて、しかも通常人の二倍はありそうなほど長かった。爪も長く、瑪瑙《めのう》のようにきれいに磨かれていた。それが目の前にぐっと迫ってきたとき、親王はなにか食虫植物の蔓がのびてきたのでもあるかのような錯覚をおぼえた。ちょっとこわいような気もしたが、それでも素直に口をあけて、その指を迎え入れた。

手術は簡単この上なしだった。姫は親王ののどに深く指を突っこんで、たちまち光まばゆい大粒の真珠を取り出すと、満面に笑みを浮かべながら、それを宙にかざしてみせた。こんなものがいままで自分ののどにつかえていたのかと、親王はむしろ好奇の目で、姫の指のあいだに挟まれた真珠をしげしげと眺めた。

「いかが。これで気分がさっぱりしたでしょう。」

いわれてみると、まさにその通りで、もう病気はすっかり治ったような気がした。これまで息苦しかったのども、急に通りがよくなったようである。やれやれと思っていると、姫のことばがふたたび鞭《むち》のように耳を打って、

「ミーコに死をもたらすのが、この真珠よ。でも、それがこんなに美しいのよ。美しい

真珠をえらべば、死を避けることはできませぬ。死を避けようとすれば、美しい真珠を手ばなさなければなりませぬ。さあ、この二者択一をどうなさいます。むろん、どちらをえらばれようとミーコの御自由ですけれど。」

おかしなことに、そういっている姫の声はすでに姫の声ではなく、いささか皮肉の調子をおびた薬子の声になっていた。そのすがたも、とっくに姫から薬子へと変っていた。いつから変ったのか、それは分らない。夢をみている親王にしても、夢をみているひとらしく、変ったということにさえ気がついていないのだから、そんなことが他人に分るはずはなかろう。とかく夢の中では、おこりがちなことだとでもいうほかない。

さて薬子は立ちあがると、右手に真珠を高くかかげて、なおも語りついだ。その手の中の真珠も、いまでは小石くらいの大きさになって、いよいよ光りかがやいていた。

「だいじょうぶよ、みこ。御安心なさいませ。たとえこの世でいのちは尽きるとも、この光りものが海を越えて日本へたどりつけば、そこからまた、みこのいのちがしぶとく芽ばえはじめますから。みこはただ、霊魂になって永遠に天竺であそんでいればよいのです。」

そういうと、部屋にすわっている安展や円覚のほうをちらと見やってから、薬子はやおら右手を振りあげて、光る石を外へ向ってほうり投げた。

「そうれ、日本まで飛んでゆけ。」

石は土壁のあいだを通りぬけ、椰子の葉ずえをかすめ、光ひとすじ、いつまでも消えない弧をえがいて、空のかなたに飛び去った。それとともに薬子のすがたも消えていた。

とたんに親王がくずれるように、がっくり藁の上に身を投げ出したので、それまでのようすを茫然と見つめていた三人の弟子たちは、もしや事切れたのではないかと、あわてて親王のそばに近づき、その顔をのぞきこんだ。しかるに、その顔には、思いがけないほど安らかないろが見てとれたので、弟子たちはほっと愁眉をひらいた。円覚が腕をこまぬいて、ひとりごとでもいうように、

「おかしいな。なんだか女の匂いがするようだぞ。移り香というのかな。」

もちろん、三人はずっと夢の外にいたから、姫や薬子のすがたには終始一貫、少しも気がつかなかったわけである。他人の夢に出てくる人物を、どうして見ることができるだろうか。

もうひとつ、春丸の拾ってきた石が、いくらさがしても小屋の中に見つからないことも、ながく円覚のこころにひっかかっていたようである。あの石はだれが小屋の外へ投げ捨ててしまったのか。

出発の朝、親王は弟子たちに手とり足とり象の背中にかつぎあげられて、ひさびさに

上機嫌だった。象の背中には小ぶりな御座所ができていて、親王はここでゆったり横になりながら旅をすることができる。すべてパタリヤ・パタタ姫の配慮であろうと想像された。夢の中でけろりと治ったのどの痛みや息苦しさは、目ざめてみれば相変らずで、親王を大いに落胆させたものだったが、そんなことを忘れさせてしまうほどの浮き浮きした出発気分だった。

しかし羅越までの旅について、ここでくわしく書くにはおよばないだろう。スマトラ島の東海岸は南下するほどに、火山地帯の西海岸とはまるでちがって、足がずぶずぶ泥水にもぐりこむほどの、じめじめした大湿原の様相を呈してくるから、象にでも乗っていなければとても通過できるものではなく、一行はあらためて姫の配慮に感謝しなければならないことになった。三カ月以上もついやして、ようやくマラッカ海峡の見えるスリガンべというところについたときには、みなみな、泥だらけの象とともに生きかえったような気分を味わった。ここで象を乗り捨てて、小舟をやとって対岸のシンガプラ島へわたる。すでに羅越である。

予期に反して、シンガプラは熱帯植物のおびただしく陸地をおおった、どこから見ても荒涼とした島であった。むかしの港の跡らしき石を積んだ遺構もあるにはあるが、近時、ここが港として使われていたとは思えず、石はむなしく波にあらわれているばかりである。なるほど、舟をやとったとき、土民がここへ行くのを好まないらしい顔つきを示したものだったが、それも道理と思われた。土民どものはなしによれば、虎はベンガル沿いにマライ半島の突端までくると、本土とのあいだをへだてる狭いジョホール水道を泳いで島へわたるという。

ついたその晩、親王はただひとりで、これぞと見さだめておいた籔《やぶ》の中へ分け入り、草原の上にごろりと身を横たえて、一晩じゅう、弥勒の宝号をとなえつつ虎のくるのを待っていたが、その日はついに虎にめぐりあうことができず、朝になると、とぼんとしたようすで弟子たちのところへ引きあげてきて、苦笑いを浮かべながら、

「なかなか死ぬのもうまくいかない。いやなに、あすこそは。」

そのあくる晩も、ゆうべと同じように、あきらかな月が冴えて、光ゆたかに地に降りしいていた。親王が出て行ったあと、弟子たちは一心に弥勒宝号を合唱しながら、一晩じゅう寝ないで起きていた。寝ようとしても、とても眠れたものではなかったろう。やがて朝になったが、朝になっても親王はもどらない。

三人は目顔でうなずき合って、立ちあがると、親王が横たわっているはずの籔の中へ踏みこんだ。しかるに、そこには親王のすがたはなく、ただ血に染んだ骨いくつか、しらじらと朝の光に照っているのみだった。

「おお、おお、悲しやな、悲しやな。こんな悲しいことが世にあろうか。みこが逝いてしもうた。」

安展が地面にひっくりかえって、こぶしで地面をたたきながら、手ばなしで泣きはじめると、円覚も、そこに生えている立木にとりすがって、立木をぶるぶる震わせながら、身も世もなく泣きに泣いた。

そのとき、中空に虹を吐くような、澄んだけたたましい声をひびかせて、一羽の黄緑色をした小鳥が舞いくるいつつ、さっと草原から翔けあがるのが見えた。

みーこ、みーこ、みーこ……

うぐいすのような小さな鳥だったが、その顔はと見れば、まぎれもない春丸の顔そのもので、つぶらな目にはいっぱい涙がたまっている。たぶん虎とともに天竺をめざして行くつもりなのであろう、その鳥の行方をうつけたような目で見つめながら、安展も円覚も、骨を拾うのも忘れて、いつまでもそこに立ちつくしていた。

みーこ、みーこ、みーこ……

その声は次第に遠ざかって行き、そのすがたも、ついに小さな小さな一点の染みとなって、かなた西の空のきわみに消え去っていた。

「あれはおそらく頻伽という鳥だろう。頻伽の声を聞いたのだから、われわれはもう天竺へついたも同然さ。」

ふたりはそういって、ようやく気がついたように、だまって親王の骨を拾いはじめた。モダンな親王にふさわしく、プラスチックのように薄くて軽い骨だった。

確定はできないが、親王の羅越国における遷化は、唐の咸通六年すなわち日本の貞観七年の末であったろうと推定されている。享年六十七。ずいぶん多くの国多くの海をへめぐったような気がするが、広州を出発してから一年にも満たない旅だった。

解　説

高橋克彦

私の書斎の扉近くの壁には、もう十五年近くも前からおなじポスターが飾られている。デザインは横尾忠則。全紙判のシルクスクリーンで、舞踏家・土方巽の公演案内のポスターだ。初期の横尾さんを代表する作品である。復刻ではなく昭和四十年に制作したオリジナルだから、相当な値打物ですよ、と知り合いの画商から教えられた。三十万くらいで手放すつもりがあれば、と彼はそのときに私に打診もしたのだが、即座に断わった。それは七、八年も昔の話なので、今にしたら七、八十万くらいの金額になるだろうか。まだ物書きではなかった時分で、お金は喉から手がでるほど欲しかった。それでも売らなかったのは、なんでだろう？　と自問する。もっと値が上がるのを待つとか、コレクターとしての執着でもない。好きな画集も満足に買えない生活で、値上がりを待つような余裕はなかったし、コレクターでもなかった。横尾さんは私にとって神にも等しい存在だったが、オリジナルで所有していたのはそれ一枚きりである。構図がいいとか、画集に収録されているといった美術品としての価値観で私がそれを見ていただけなら、ためらいもなく画商の誘いに乗ったはずだ。売れなかったのは、そのポスターが私の人生そのものと深い部分で繋がっていたせいだった。

舞踏公演のタイトルは『バラ色ダンス』の副題を持つ『澁澤さんの家の方へ』。土方巽が澁澤龍彥さんの神秘的な人柄に触れて創作したという舞踏作品である。マルセル・プルーストの『失われた時を求めて』の連作の一つにタイトルを模倣したこの作品は、発表当時ずいぶんと話題となった。その頃高校生だった私は東京まで観に行ける情況になく、ただ若者向けの雑誌やなにかで舞台を想像するしかなかった。岩手県に生まれ育ったことを後悔したことはほとんどない私だけれど、あの時とビートルズの東京公演の時だけは一生の悔いとなっている。

その年の暮れ。盛岡で横尾忠則ポスター展が開催された。昭和四十年だからかなり早い時期であろう。寺山修司の劇団天井桟敷や唐十郎の状況劇場の公演ポスターを手掛けて、若者たちには圧倒的な支持を受けていた横尾さんだったが、日本の美術界ではポスターの価値がまだ認められていなかった頃だ。会場に足を運んだ私は狂喜した。そこの中央に、あの『澁澤さんの家の方へ』のポスターが光り輝いていて、しかも売られていたのである。値段ははっきり覚えていない。おそらく二、三千円程度だと思う。でなければ高校生の私が買えるわけがない。そうしてこのポスターは私のものとなり、以来二十五年間、住まいは岩手から東京、そしてふたたび岩手と代わっても、常に私の部屋の壁面を飾り続けて来た。半端じゃない歴史がこのポスターと私との間にある。三十万と言われても即座に断わったのはそういう事情が大きい。これを手放すことは、自分の人生を否定することにも繋がる。ポスターを飾り続けることが、私の核の表出でもある。

昭和六十二年八月六日。ニュースで前日の五日の午後に澁澤さんが亡くなられた報に接して、私は眩暈に襲われた。その六日は私の誕生日だった。私はその真夜中に書斎まで酒を持ち込み、ポスターを前に痛飲した。ポスターの上部には澁澤さんの写真が印刷されている。半ズボンで片膝を立てた長い脚が印象的な美しい写真だ。日本人のポートレートでこれほど透明な印象を与えるものは少ない。考えてみたら、この写真を私ほど永い時間をかけて見続けた人間はいないのではないだろうか。ポスターにたまたま印刷されていたとはいえ、一日に四、五度は澁澤さんと向き合っていた計算となる。目を瞑ると、大きく胸の開いてゆったりとしたサマーセーター姿の澁澤さんの顔が浮かんでくる。だが、強い思いでポスターを前にしたところで、一度も面識のない私に澁澤さんが降りて来てくれるはずもない。私には声や背格好まで想像がつかない遠い人だったのだ。

それから二カ月後。私は週刊文春に『パンドラ・ケース』というタイトルのミステリーを連載しはじめた。テーマは昭和四十年代の青春だった。澁澤さんの本を熱心に読んでいた時代と重なっている。澁澤さんに声が届くのではないか、という気持で私はその小説の中に主人公の一人の述懐の形を借りて以下の文をしたためた。

――映画も小説も終わっちまったんだよ。ヒマ潰しかガキ相手のものになり下がっちまった。近頃じゃ澁澤龍彦のような天才が死んだって週刊誌は特集一つ組まん。なのにスターの結婚式は視聴率が五十パーセント近くだとよ。いつの間にかそういう時代になった――

今あらためて読むと、自分の気持の十分の一も伝えられていないが、書きながら悔しさで泣きたくなったのを覚えている。こんな日本に自分が暮らしているのさえ厭になった。思えば『黒魔術の手帖』と巡り合って以来、どれほど永く澁澤さんが私の渇えを癒し続けてくれたことか……ちょっと気になって年譜を確認してみたら『黒魔術の手帖』が桃源社から出版されたのは昭和三十六年十月となっていた。こうして年譜を頼るのは、私の所持している本が初版ではなく、その数年後に刊行された『澁澤龍彥集成』の一冊であるためだが、つくづく惜しい気がしている。この集成があんなに早くに纏められていなければ、私の書架には今も澁澤さんの初期の初版が並べられていただろう。私はまるで運び屋のように、集成の新しい巻が出ると同時に、それに収録されている初版の本を古書店に持ち込んだり、友人に売った。これも年譜で確かめたら昭和四十五年。私が二十三の時だ。まだまだ多くの本が読みたく、おなじ内容のものを二種類も所有している余裕はなかった。当時持っていたもので、そのまま生き長らえているものは『夢の宇宙誌』と『新・サド選集』全八冊しかない。『夢の宇宙誌』は集成の写真図版があまりにも小さくて親本を手放すつもりになれなかったのと、サド選集については集成にそれらが収録されていなかったのが理由である。ユイスマンスの『さかしま』や『毒薬の手帖』『異端の肖像』『エロティシズム』などといった美麗な初版と神田の古書街で時々遭遇することもあるが、そのたびに青春の苦い思いが甦る。しかし……こうして記憶を辿っているうちに別の光景を思い出した。盛岡の小さな書店で他人の目を気にしながら木製の踏み台に上がってサドの『悪徳の栄え』を棚から取り出した記憶だ。その本も手元にある。現代思潮社が出した普及版で刊行年は昭和三十五年。『黒魔術の手帖』より一年早い。そうだ、そうだと私は納得した。その前年の暮れに澁澤さんが翻訳した『悪徳の栄え・続』がこの年の四月に発売禁止の処分を受け、それが逆に評判となって普及版の『悪徳の栄え』が売れていたのだ。その頃、私は十三歳。中学一年だった。フランス文学に親しもうということではなく、やはり性への興味からこれを手にしたはずだ。なんともマセた子供だと思われるかも知れないけれど、私はすでに江戸川乱歩の全集さえ読破していたひねこびた子供だったので、性の描写については特に印象も薄く、ただサドという人の怖さと大きさに圧倒された。これだけはっきりした記憶なのに、澁澤さんとの最初の出会いが『黒魔術の手帖』であると三十年も誤解していたのはなぜだろう？あるいは翻訳は厳密に言うならその人の著作ではないという堅い考えに支配されていたのか。その辺りのところが曖昧となるのだが、いずれにせよ私は十三の時から澁澤さんを読んでいた計算になる。私は澁澤さんとともに成長したと書いても決して偽りにはならないだろう。私がこうして物書きになれたのも、その大半は澁澤さんのお陰だと思っている。黒魔術、毒薬、ホムンクルス、地下世界、人形愛、ブランヴィリエ侯爵夫人、ユートピア、畸形、ノストラダムス、秘密結社、空中庭園、澁澤さんの本で触れて魅せられた事柄をここに並べればそれだけでこの文章のすべてが埋まる。これはなにも私に限ったことではなく、今の時代にSFやオカルト小説、幻想小説、そして伝奇小説を書いているほとんどの小説家に言えるのではなかろうか。皆それぞれがなんらかの形で澁澤さんの世界をコピーしている。もちろんコピーであるから、本家の濃密さにとうてい及ぶものではないが……その差はことに澁澤さんの書く小説において歴然としてくる。

澁澤さんの遺した小説は決して多くはない。たった一冊の長編である『高丘親王航海記』と『犬狼都市』『唐草物語』『ねむり姫』『うつろ舟』と題された四冊の短編集を数えるのみだ。それでも膨大な量の評論集やエッセイ、そして翻訳と比較して、おそらく二十分の一にも満たないこの仕事の、いかに緻密で豊潤で幻妖で蠱惑的であることか。

三島由紀夫が澁澤さんの小説を誉めていた文章があったはずだ、と思って先程から資料をあれこれとひっくりかえしているのだが、あいにくと見つけられない。しかし、文章の骨子は覚えている。「澁澤龍彦がいなかったら、日本の小説はどんなにかつまらないものになっていただろう」というものだ。ほとんど大絶賛に等しい。しかも三島由紀夫はこの賛辞を、たった一冊の『犬狼都市』に捧げているのである。それ以外の作品はすべて三島由紀夫が亡くなってから書かれたものだ。もし彼が長生きして『唐草物語』や『ねむり姫』に目を通したらどうだったろうか。おそらく前記のような逆説的賛辞をしたためる余裕などどこにもなかったに違いない。嫉妬で本を伏せたくなっただろう。ましてや『高丘親王航海記』に至っては……奇跡としか表現のできない大傑作なのだ。今世紀どころか、これまでの日本文学の中でも、これほどの水準に達した物語を私は読んだ記憶がない。重複した感想を述べるのも厭だから、以前に私が書いた文章をここに連ねる。ある雑誌から求められて書評を試みたものだ。

――あまりの透明感と幻想の甘美さに酔って泣いた。四十歳の人間を泣かせる本など滅多にない。小説など（自分が書いていながら、など、とは妙な言い方になるが）もはや情報を面白おかしく伝える手段であったり、ヒマ潰しのものでしかないと自虐的な諦めを持ちはじめていたこの頃であっただけに、私は完全に打ちのめされた。

しかし、小さな紙面の中でこの震えるような感動を伝える才能は私にはない。もともと「好きだ」とか「嫌いだ」という原初的な肌触りを手掛かりにしてしか評価のできない自分である。それでも、高丘親王の日本から天竺に至る七つの夢幻譚は、読者である自分の垢染みた心の殻を一枚ずつ剝がしていく怖さと喜びに満たしてくれた。

私はこの本と共に一度死に、そしてふたたび生まれたのである。恐らく今後の私には絶えず高丘親王の影が付き纏うであろう。これほど浄化された魂の存在を私は知らない。死の予感に満ちた、と帯にはあるが、むしろ悪魔と契約し、死と引き替えにこの作品を成就させたと見たい。精神世界の牽引車の役目を果たし続けた巨大な才能が、死を間近にして全身全霊を傾けた仕事が小説であったことを、私たち小説家は誇りと自戒を持って受け止めねばならないだろう。

小説にはまだまだ人を変えられるだけの魔力がある。それを我々も読者も忘れていただけなのだ――

感想に誇張はない。ただ、私は読み返して恥ずかしさに襲われた。この文を記してからおよそ二年以上が経つというのに、私は相変わらず情報を面白おかしく伝えるだけの小説しか書いていないような気がする。心の中ではなんとか一歩でも澁澤さんの到達したところに近付きたいという願望を抱いているのだが、不可能だ。行間から滲み出てくる高貴なる色気は、もともとの澁澤さんの資質である。その資質のない私なぞが文章をどんなに似せて書いたとしても、ただの絵空事やグロテスクなだけの怪異譚になってしまう。たとえば、この物語の中に「よい夢」を食すると「えも言われぬ芳香を放つ糞」をたれる獏についての説明がある。詳細は本文を一読してもらいたいが、特に糞の描写は信じられないほどに官能的だ。秋丸に至っては、それを大事に掌に包んで鼻を埋めたりもする。私は何度この場面を繰り返し読んだことだろう。ここに澁澤さんの文章の秘密が隠されている、と直感はしても、とうとう会得できなかった。てっきり、きのこの一種類だと思っていたのに糞と知って、意外な発見に親王はこころがはやるのをおぼえる。どうして糞と分かったら心がわくわくするのか……私が澁澤さんを好きなのはこういうところだ。ましてや病床にあってこの部分を書いたのだと想像したら……土方巽さんはかつて澁澤さんを評して「彼は神ではないか？」と真面目な口調で語ったと聞くが、まさにその通りである。神にあらずして、直面している不安を脇に置き、淡々と糞の話など書き連ねていられるわけがない。おなじ幻想でも、むしろ『ねむり姫』に近い宗教的な幻想をつくろうとするのが当り前だ。それが並の人間であろう。ついでに言わせてもらえば、世間が言うほどに、この小説には死に対しての不安や予感を私は感じなかった。澁澤さんの死と重ねて世間が深読みをしている。逆に死を克服した喜びに満ちている。最終章は諦めではなく、明らかに輪廻への約束だ。澁澤さんの化身である親王の魂はしばらく天国で遊び、ふたたび光る石に運ばれてこの世に再生するのだ。少なくとも澁澤さん自身はそう信じていたに違いない。

それにしても『高丘親王航海記』とは不思議な小説である。

一読した限りではなかなか気付かないだろうが、いかにも幻想的な航海記のようでいて、実際はその過半数の物語が親王の夢なのだ。鳥のような女も、塔ほど高い蟻塚も、蜜人すらも、すべては親王の見た夢である。親王は船の上でまどろみ、あるいは南国の海辺でうつらうつらと別の世界に遊んでいた。その上さらに不思議なことには、夢の中に入れ子となって薬子の夢が混じり込む。幻想小説に夢がモチーフとなるのは常套でもあるが、二重の夢とは珍しい。普通ならこの繁雑さを避けるために、どちらか一つを現実として描きそうなものだ。どうせ幻想小説だと読者にも了解済みなのである。鳥のような女がいても決しておかしくはない。なのに、あえて夢だと断わる必要があるだろうか。それならいっそ獏や、人間をミイラにしてしまう花とて夢だと処理すればいい。これがその場その場の思い付きではなく、きちんと計算された結果であろうことは、薬子の扱いによって明白だ。親王が現実の世界を旅している時は、薬子はたいてい記憶として登場し、親王が夢の中を彷徨《さまよ》っている時は、薬子もまた別の夢となって現われる。どのような意図でこの書き分けがなされたものか、私にははっきりとした答えがない。ただし、これによってより一層薬子が存在を強め、旅の全体に寄り添うような印象を与えているのは確かだ。あらためて頁を繰ると、薬子の登場する部分が驚くほど少ないのに拘わらず、主人公の親王に匹敵する存在感なのは、きっとこのせいだろう。

あれこれと記しているうちに残りが少なくなってきた。ここ何日間かこの文章を書くために澁澤さんのことだけを考えていた。思い付きもメモしている。それを眺めたら、大事な部分を書き落としている。

この小説が果たして若い人たちにどれだけ理解されるだろうかという疑問だ。もちろんストーリーを追うことは簡単だ。描かれている幻想も正確に伝わると思う。しかし、底辺に流れている哀しみを超えた笑いや、生についての慈しみがそっくりそのままの形で心に響くとは思えない。その意味では、これは大人の小説だと思う。できるならば、四十になり、五十になって読み返して欲しい。その時期ごとに別の思いが生じるはずである。涙の量も確実に増えていく。

高丘親王の旅は、あらゆる人々に共通する心の旅なのだ。

恐らく澁澤さんにとっても、この作品は生きた証しであったはずだ。その作品にこうして自分が付き添っていける幸せを私は今しみじみと感じている。

この作品が本の形になるのを見ずして澁澤さんは生を終えられた。どんなにかそれを望んでいただろうと想像すると胸が詰まる。そればかりか澁澤さんはこの作品が読売文学賞を受賞したことさえ……

いや、たぶん奥様からご報告を受けてご承知に違いない。私たちが澁澤龍彦の名を胸にとどめている限り、澁澤さんはいつまでも生き続けているのである。

（作家）

初出
儒艮　「文學界」昭和六十年八月号「蟻塚」改題
蘭房　同　昭和六十年十一月号
獏園　同　昭和六十一年二月号
蜜人　同　昭和六十一年五月号
鏡湖　同　昭和六十一年八月号
真珠　同　昭和六十二年三月号
頻伽　同　昭和六十二年六月号

単行本　昭和六十二年十月文藝春秋刊
本書は平成二年十月刊行の文春文庫の新装版です。

DTP制作　言語社

本書には今日では不適切とされる表現がありますが、
執筆当時の時代状況、著作者人格権を鑑み、
原則として底本を尊重しました。
ご理解賜りますようお願い申し上げます。

文春文庫

高丘親王航海記《たかおかしんのうこうかいき》

定価はカバーに表示してあります

2017年9月10日　新装版第1刷
2024年2月15日　　　　第3刷

著　者　澁《しぶ》澤《さわ》龍《たつ》彦《ひこ》
発行者　大沼貴之
発行所　株式会社　文藝春秋

東京都千代田区紀尾井町3-23　〒102-8008
TEL　03・3265・1211㈹
文藝春秋ホームページ　http://www.bunshun.co.jp

落丁、乱丁本は、お手数ですが小社製作部宛お送り下さい。送料小社負担でお取替致します。

印刷製本・TOPPAN

Printed in Japan
ISBN978-4-16-790925-3